入り婿侍商い帖(三)

女房の声

千野隆司

角川文庫
19542

目次

第一話　口封じ

一

家々の煤払《すすはら》いが済んで、師走《しわす》も半ばになった。年の瀬の気忙《きぜわ》しさと、正月を迎える心の弾みが町全体にあった。

吹き抜けてゆく風は冷たいが、舂米《つきごめ》商いの看板を出す大黒屋《だいこくや》の店先にも活気があった。

百文買いの客が、次々にやってくる。

「他じゃあ百文で、七合しかくれない。でもここは、八合くれるからね。あたしら貧乏人には助かるよ」

初老の、馴染《なじ》みの客がそう言った。

昨年は天候不順で、東北や関八州の米は大きな打撃を受けた。不作が明らかになった夏の初めころから、米の値段はじりじりと上がった。半年前は、銭百文で一升二合買えた米が、今では七合が当たり前になった。

「値上がりを見込んでさ、どこの店も買いだめや売り惜しみをしているんだよ」

大店老舗《おおだなしにせ》の米問屋の倉庫には、米俵が唸《うな》っているという噂もないわけではないが、月日がたつにつれて米不足は深刻になった。小売りの春米屋が問屋を訪れても、古くからの付き合いでなければ、ていよく追い返されてしまう。阿漕《あこぎ》に儲《もう》けるつもりはなくても、値上げをしないわけにはいかないのが現状だった。

大黒屋が米八合を百文で売れるのには、事情があった。江戸《えど》の問屋筋からも仕入れはしているが、在庫の米のかなりの部分は大名家の藩米と農家から直《じか》に仕入れるなどして手に入れたものだからである。間に利ざやを取る店が入らないので、この値でも利益を得ることができた。

「若旦那《わかだんな》、もうこれ以上の値上げはないように頼むよ」

「まあ、精いっぱいやりますよ」

馴染みの客に言われた角次郎《かくじろう》は、苦笑いをしながら応《こた》えた。まだ百文で八合を売る店は、江戸市中には残っている。

大黒屋ではしていないが、屑米《くずまい》を交ぜて嵩《かさ》増しをして売る店もあるにはあった。しかしそういう店でも七合しか売らなくなると、客は大黒屋へ殺到してくる。

これではいくら在庫が豊富にあっても、瞬く間に底をついてしまう。商いの難しいところだった。相場が上がっているのは確かだから、次の仕入れにも響くのは明らかだ。

大事そうに米を抱えて、婆さんが立ち去って行く。

艾《もぐさ》の振り売りをしている爺《じい》さんと二人で、近くの裏長屋で暮らしていた。それでも百文を持って米を買いに来るのは、十日に一度くらいである。いくら年寄りでも、大人二人が八合の米で十日も持つわけがない。雑穀や大根、芋などを交ぜて炊いているのに違いなかった。

そうやってかつがつ暮らしている人の役に立ちたいと、角次郎は思っている。

だがそれは、並大抵のことではなかった。仕入れ一つとっても、思い通りにはいかない。

大黒屋へ婿に入って、まだ三月《みつき》あまりしかたっていなかった。米屋としては駆け出しだ。

小僧の直吉《なおきち》が、唐臼《からうす》を舂《つ》いている。その音が、店の中に響いていた。玄米を白米にする仕事は、舂米屋には欠かせない仕事である。

「いらっしゃい」

さして間をおかず、次の客がやって来た。角次郎と直吉は、威勢のいい声を上げた。

店の前の道には、途切れることなく人や荷車、辻駕籠《つじかご》などが通り過ぎてゆく。大黒屋は間口二間半の小店だが、立地だけはすこぶる良かった。

両国橋《りょうごくばし》東橋袂《たもと》の広場と回向院《えこういん》を結ぶ、本所元町《ほんじょもとまち》の表通りにあった。土地は借地だが、店は角次郎の舅《しゅうと》であり主人でもある善兵衛《ぜんべえ》の持ち物である。

昨日から、深川《ふかがわ》の富岡八幡宮《とみおかはちまんぐう》で歳の市が始まった。明日明後日《あさって》には、浅草観世音《あさくさかんぜおん》で歳の市が行われる。通りを行き過ぎる人の数が、このところ増えてきた。正月用の品を商う屋台店も、目立つようになった。

注文を受けた餅《もち》も搗《つ》かなくてはならない。商いとなれば、二臼三臼搗けばいいというものではなかった。

また善兵衛と角次郎は、大晦日《おおみそか》の夜まで交替で掛取りを行う。つけで買った客の家を、集金して廻《まわ》るのだ。

素直に払ってくれる相手ばかりでないのは、これまでの暮らしの中で知らされた。

「ぼやぼやしていられないぞ」

という気持ちになっている。婿に入って、初めて迎える正月だ。商家には商家のしきたりがあるから、それらを一つ一つ身に付けていかなくてはならない。これも骨の折れる仕事だった。

「おい、稼いでおるか」

そこへ、着流しに三つ紋の黒羽織を身に着けた嶋津惣右介《しまづそうすけ》が姿を現した。腰に十手を差し込んでいる。

「まずまずだな、ともあれ上がれ」

角次郎は応じた。

相手は南町奉行所の定町廻《じようまちまわ》り同心である。それでも対等の口を利いているのは、もう十数年来の付き合いになる剣友だからに他ならない。同い年で、共に下谷車坂《したやくるまざか》にある直心影流《じきしんかげりゆう》の赤石《あかいし》道場で学んだ。おれとお前の仲で、道場だけでなく互いの屋敷にも行き来した。

今でこそ角次郎は大黒屋の入り婿だが、実家は家禄《かろく》三百五十石の旗本五月女《さおとめ》家である。父角右衛門《かくえもん》は、御小十人組頭を務めていた。

「うむ」

嶋津は遠慮なく上がり込む。帳場格子の脇で、向かい合った。

月に二度か三度、近くまで来たといって立ち寄った。町廻り区域は神田《かんだ》や日本橋《にほんばし》あたりなので、会うことも少なくなったが、本所にまたがる出来事があれば気軽に顔を見せる。

「今日は、つまらぬ用事があってな」

深川から本所界隈《かいわい》へ、聞き込みに来たのだという。

「定町廻りも、楽なお役目ではないぞ」

と、言い足した。早い話が、息抜きにやって来たのである。

声を聞きつけたらしい女房のお万季《まき》が、茶菓を運んできた。

「おお、いつものことながら愛らしい嫁ごだ。商いも順調そうで何よりだな」

嶋津はお万季にも、遠慮のない物言いをする。茶請けの落雁《らくがん》を、口に放りこんだ。

お万季は笑みを浮かべながら頷《うなず》いた。

何を言われても返事はしないが、意思表示はきちんとする。それは嶋津を、角次郎とは昵懇《じっこん》の者として認めているからに他ならない。

角次郎よりも四つ下のお万季は十九歳。善兵衛とおトク夫婦の一人娘である。

「入り婿の話を聞いたときには、ずいぶんと驚いたものだ。いくら五月女家の次男坊とはいえ、武家が商家の婿になるというのは聞かぬ話だからな。しかしこう見ていると、すっかり商人の姿も板についてきた。その方らも、夫婦《めおと》らしくなってきたではないか」

返事はなくても、嶋津は勝手に喋《しゃべ》る。お万季には事情があって、声が出せないのを知っているからだ。

お万季は幼い頃はお喋りな女の子だったと聞いている。それが話すことができなくなったのにはわけがあった。

七歳のときに、お万季は善兵衛の父である祖父丹兵衛《たんべえ》に連れられて浅草寺《せんそうじ》へお参りに行った。その境内で、酔ったやくざ者数人が、老婆に絡んでいた。遠巻きにしている野次馬はいたが、助けに入る者はいなかった。お万季は、お節介で正義感の強い女の子でもあった。

「じいちゃん、助けてあげよう。かわいそうだよ」

大きな声を上げながら、丹兵衛の手を引っ張った。丹兵衛は、「よせ。大きな声を出すな」そう言って立ち去ろうとした。太刀打ちできない相手だと分かっていたからだが、お万季には納得がいかなかった。声を出し続けた。そしてやくざ者が、近づいてきた。お万季は張り飛ばされ、丹兵衛は殴る蹴《け》るの乱暴を受けた。

やくざ者は捕えられたが、丹兵衛は歩けなくなり、体調を崩した。寝たきりになって、四月《よつき》後に死んだ。

「大きな声を出すな」と言われながらも出し続けた自分を、幼いなりに責めた。何も言わなければ、祖父は死ななくても済んだと考えたのである。祖父の葬式のあった夜から、口が利けなくなった。声が出なくなったのだ。

そしてお万季は、父善兵衛と書の師匠である長谷川洞泉《はせがわどうせん》以外の男を怖れるようになった。特に若い男を受け入れられない。傍によると、体を強張《こわば》らせた。

祝言を済ませた夜に、角次郎はお万季を抱こうとした。お万季は覚悟を決めていたらしかったが、心と体に怖れがあるのを感じた。女房になる女は、夫への満幅の信頼の中で抱かれるべきだと角次郎は考えた。

手を出さずに寝たのである。それは今日まで続いていた。

嶋津が知っているのは、声を出せなくなったいわれまでだ。夫婦のことは、誰にも話していない。お万季は口こそ利けないが、家事は一人前にこなす。唐臼や千石通しを使っての精米などは、お手のものだ。角次郎の繕い物や洗濯など、細かいところに気を使ってやってくれていた。

「実は先ほどな、関宿《せきやど》藩の田所《たどころ》殿に会ったぞ」

「ほう、さようか」

嶋津と話していると、つい武家言葉が出てしまう。米商いに首まで浸《つ》かっているつもりだが、侍気質《かたぎ》がまったく抜けてしまったわけではなかった。

「藩米の横流しについては、まだ片がついてはおらぬからな、いろいろとたいへんなようだ」

「いかにも、それはそうだな」

角次郎は頷いた。

大黒屋には、今のところ四百俵を軽く超す在庫がある。米不足の折に、小店の舂米《つきごめ》屋としては考えられない備蓄量といえた。店の裏手にある倉庫には収めきれず、他に錠前のかかる倉庫を借りていた。

不正に買い占めたものではない。その仕入れ先が、下総《しもうさ》の北東にある関宿藩だった。

田所郁之助《いくのすけ》は、仙台堀《せんだいぼり》の北河岸にある関宿藩下屋敷に詰める勤番侍である。

田所は勘定方で、下屋敷の出納に当たっているが、密命を帯びていた。藩では数年前から、年貢米の横流しが行われていたのである。これを探っていたのが勘定奉行喜《き》多山圖書《たやまずしょ》とその配下の元締方の藩士だった。

藩ではこともあろうに、年貢米の収納保管を任とする蔵奉行栗橋織部正《くりはしおりべのしょう》と江戸家老監物兵庫之助《けんもつひょうごのすけ》が手を組んで、藩米の横流しを行っていた。これには関宿の船問屋野村《のむら》屋と江戸の米問屋佐柄木《さがらき》屋が絡んでいる。

つい半月ほど前、その横流しの現場を角次郎の尽力によって押さえることができた。八百俵もの闇米を押収したのである。その半分の米を、角次郎への褒美として、大黒屋が仕入れることができたのであった。

これは江戸の田所だけでなく、関宿の元締方朽木《くちき》弁之助《べんのすけ》という藩士との合力があってできたことだった。勘定奉行の喜多山が許しを出している。

不正が発覚した栗橋織部正と倅《せがれ》の兵馬《ひょうま》は命を失った。しかし繋《つな》がる証拠を得られなかった江戸家老の監物には、捕縛の手を入れることができなかった。

また横流し米を積んだ荷船は借り物で、野村屋や佐柄木屋にも連座の証《あかし》は得られなかった。

八百俵もの横流しを防ぐことができたのは、関宿藩にとっては大きいが、それですべてが解決したわけではなかった。奸臣《かんしん》と不正の業者は生き残ったのである。藩米の横流しは他にもあり、これからも続く虞《おそれ》があった。

江戸では田所が、関宿では朽木が、監物一派や悪徳商人の動きを探っていた。

「手掛かりを、摑《つか》めぬというわけだな」

「さよう」

嶋津は、横流し米の搬送を押さえた折に力を貸していた。田所とも顔見知りだったのである。

「田所殿は、佐柄木屋の商いの様子をうかがっておった。しかしな、これまでと全く変わらない店の様子だと話していたぞ」

八百俵の横流し米は、佐柄木屋に入るはずだった。それが入らなくなったのは、さしもの大店《おおだな》でも痛手なのは明らかだ。そこで店の様子を探ったが、変化は見られなかった。

「店を外から見ているだけでは、内情は分からぬであろうが」

角次郎はそう応じたが、気になったのは確かだった。

「他にも、大量の横流し米があるのではないか」

嶋津の言葉は、当たっていそうだった。

話をしている間にも、百文買いの客がやってくる。応対はお万季がやった。声は出さなくても、馴染《なじ》みの客ならば問題はなかった。

「それにしても、四百俵の米があれば大黒屋は安泰だな」

店の隅には、米俵が積まれている。それに目をやりながら嶋津が言った。

「いやいや、そうはいかん」

角次郎は商人の顔になって口を開いた。四百俵は、臨時に得られた米である。毎年入ってくるものではなかった。

年ごとに、必ず仕入れられる方途を講じなくてはならない。

「年が明けたならば、野田《のだ》や流山《ながれやま》、関宿の村々や船問屋を巡ってみるつもりだ」

「直《じか》仕入れを目指すわけだな」

嶋津が頷いた。

「そういうことだ」

武家から、あえて商家へ入り婿となった。攻めの商いをして、大黒屋を江戸でも指折りの店にしたいという望みが角次郎にはあった。

二

掛取りに出かけていた善兵衛が、分厚い商い帖《ちょう》を手にして店へ帰ってきた。

「ご苦労様でした」

店にいた角次郎と直吉が、ねぎらいの言葉をかけた。百文買いの客は現金で受け取るが、大口の場合は三月《みつき》ごと半年ごとの掛売りが多かった。商い帖には、掛売り相手の名が善兵衛の几帳面《きちょうめん》な文字で記されている。

婿に入ったばかりの頃は、毎日のように溜《た》まった掛売りの代金を催促に歩いた。払いを溜めるのは、おおむね一癖も二癖もある者たちである。取り立てには苦労したが、商いの難しさを改めて知らされた。

善兵衛が廻《まわ》るのは、先代からの馴染みの店で、行って挨拶《あいさつ》さえすれば黙って払ってくれるところだ。角次郎は、それ以外の客のところを廻る。

初めは、取りにくいところへばかり行かされると僻《ひが》んだこともある。事実善兵衛は狸親仁《おやじ》で、小狡《ずる》いところがないとは言えない。しかし実際に行ってみて、商いの様々な側面を目の当たりすることができたのは確かだった。

「では、お願いしますよ」

商い帖と矢立を渡される。善兵衛と交代して、角次郎は店を出た。

木綿物だが、一応羽織を身に着けている。訪ねる先は、すべて頭の中に入っていた。

婿に入って最初に行った店は、煮売酒屋だった。強面《こわもて》の親仁に、縁台を蹴《け》飛ばされた。支払いがないので、納品を差し止めていた店である。角次郎は半金を受け取ることで、納品を再開した。

その煮売酒屋の親仁は、つい二日前にこの三月《みつき》分だと言って代金を届けてきた。

向かった先は、回向院門前町にある女郎屋である。楼主夫婦やお女郎衆だけでなく、男衆もいた。米に雑穀を交ぜたにしても、納品する米はそれなりの量になった。

回向院へは、江戸中から人が集まってくる。門前町は、いつも祭のように賑《にぎ》やかだ。その町の一画に、女郎屋の並ぶ路地があった。すでに昼見世が始まっていて、張り見世には女郎たちの姿があった。通り過ぎる男に、声をかけている。

目当ての店には、新入りらしい娼《おんな》の顔もあった。

角次郎は裏木戸へ回って、台所口で声をかけた。

「何だい、大黒屋の掛取りかい」

蟷螂《かまきり》を思わせる、浅黒い顔をした初老の女が現れた。この見世の遣《や》り手婆《てばば》で、いかにも疫病神が現れたという顔をして見せた。

初めて来たときは、熱い茶をぶちまけられた。さすがに今日は、そこまでのことはされない。

「年の瀬ですからね、うちも苦しいんですよ」

笑顔を浮かべながら角次郎は言う。

「うちだって同じだよ。客の入りはさっぱりでね。今日のところは、半金にしてもらうよ」

遣り手婆は、懐から巾着《きんちゃく》を取り出した。

「新しい、お女郎さんが入りましたね。あれは、なかなかの器量よしだ。大いに稼いでいるんじゃないですか」

半金で引き下がったら、残りはいつ受け取れるか分からない。ここは腹を据えてかかるつもりだった。前回は用心棒の浪人者や、腕まくりをした若い衆も出てきた。それでも払わせたのである。

「まったくあんたは、意地っ張りだからねえ」

渋々、全額を払った。

「毎度、ありがとうございます」

丁寧に礼を言って、外へ出た。

掛取りは、この女郎屋を含めて五軒を廻った。両国橋を西へ渡った町にも、顧客がある。最後がそこだった。

まだ夕暮れどきには間があった。

「少し、寄り道をしていこうか」

と考えた。佐柄木屋の商いについて、嶋津と話をしたときから気になっていた。

佐柄木屋は、深川仙台堀の南河岸今川町《いまがわちよう》に間口七間の店を持つ大店の米問屋である。

半月前には、関宿藩江戸家老監物と謀って八百俵の横流し米を江戸へ入れようとした。凶作による米不足の折、この数の米が手に入るか入らないかは、店の商いに大きな違いが表れる。高値で売れる米であり、またそれをごく懇意にしている得意先に特別に卸してやることで、店への信頼を得られるからだ。

佐柄木屋では、何軒かの古くからの顧客に、この米を卸す約束をしていた。角次郎はこれを聞き出したことから、横流し米輸送の現場に踏み込む機会を得た。

「となると、顧客への卸はどうなったのか」

やると言った販売を行えないとなると、佐柄木屋の信頼は大きく落ちる。主人の利《り》
七左衛門《しちざえもん》は悪党ではあるが、商人としては切れ者だと角次郎は感じている。

どう決着をつけたのか、確かめてみることにした。

足を向けた先は、神田新石町《しんこくちょう》である。足を踏み入れたのは、一福屋《いちふく》という一膳飯屋《いちぜんめしや》だ。

ここは商売柄、米は欠かせない。米を仕入れているのは神田三河町の房州屋《ぼうしゅう》という小売りの店だが、ここが佐柄木屋の古くからの顧客だった。角次郎は一福屋のおかみの話から、闇輸送の日取りを知る糸口を得た。

房州屋は、佐柄木屋からしか米を仕入れていない。一福屋の米は、佐柄木屋からの米に他ならなかった。

一膳飯屋は、そろそろ暖簾《のれん》を出そうという頃合いである。店に入ると、香ばしい煮物のにおいが鼻をついてきた。

「ちと、すみませんが」

おかみを呼び出した。忙しいのは分かっていたが、すぐにも知りたい気持ちは抑え

がたかった。現れたおかみに、小銭を握らせた。

「ええ。お米は、前々から話があった通りに仕入れられましたよ。米不足のおりですからね。房州屋さんも、ほっとしたようです」

「なるほど、そうですか」

関宿藩の横流し米が入らなくても、佐柄木屋は納品を済ませたということになる。買い溜めていた米を回したのか、あるいは他にも横流し米があったのか、どちらかだろう。

「その米を、見せてもらえませんか」

と角次郎は頼んだ。どこの産なのか、知っておきたかったのである。

おかみは一瞬、なぜそんなことをするのかと怪訝《けげん》に思ったらしいが、先に渡した銭が効いていた。一合升に、米を入れて持ってきてくれた。

「失礼いたします」

受け取った角次郎は、まず顔を近づけ色や形を見た。そしてにおいをかいだ。これを二、三度やると、米がどこの産なのか分かる。

関宿の米ではなかった。

「下野《しもつけ》の国、都賀《つが》の米だな」

「ええ、房州屋の番頭さんがそう言っていました。よくお分かりですね」

おかみは驚きの顔で角次郎を見た。感心もしている。

「いやあ」

この程度は、難しいことではなかった。

角次郎は八歳から十五歳になるまでの七年間、下総野田の農村で過ごした。そこに実家である五月女家の知行地があったからだ。祖父角兵衛《かくべえ》が隠居して野田へ移ったとき、次男坊の角次郎がついて行ったのである。

祖父は米作りと剣術にいそしみ、薫陶を受けた。共に田に入り、稲を育てた。収穫の頃には野田の船着き場へ行って、各地の米を見分けかぎ分けた。祖父は武家よりも、自分は百姓に向いていると常々口にしていた。

ともあれ佐柄木屋から卸された米は、関宿藩の米ではなかった。横流し米であるかどうかは判断のしようもないが、質の悪い米ではなかった。

都賀米は、江戸に流通する地廻り米としては、上中下と等級で分けるとするならば上の部類に入る品だった。

「あそこは、利根川《とねがわ》に流れる思川《おもいがわ》が傍にありますからね、お酒だって造られているんですよ」

とおかみは言った。

「なるほど。水の質もいいからな」

酒は嫌いではないが、一合も飲んでしまうと足がふらついて歩けなくなる。米からできたものでも、詳しいわけではなかった。

「そうなんですよ。お酒といったら、西から船で運ばれてくる下り物が一番だと言われています。確かに関東でできる地廻り酒は、雑味が多い安酒だというふうになっていますが、都賀のお酒はどうしてどうして。なかなかの上物で、評判もいいんですよ」

「高値で商われているわけですね」

「はい。そういえば、佐柄木屋さんの縁戚《えんせき》には、その評判のいい都賀のお酒を扱っている地廻り酒問屋があるって、耳にしたことがあります」

「ほう、どこですか」

酒では聞いても仕方がないと考えたが、一応尋ねてみた。

「深川の、ええと。そうそう海辺《うみべ》大工町《だいくちょう》にある八州屋《はっしゅう》さんだと思います」

ここまで話して、角次郎は一福屋を出た。酒の話はともかく、佐柄木屋については、したたかな商いぶりを感じた。八百俵の米を仕入れそこなっても、びくともしていない。内情は分からないが、そんな印象があった。

翌日も、角次郎は掛取りに廻《まわ》った。行った先は、竪川《たてかわ》を南に渡った深川界隈《かいわい》の客のところである。そこでついでに、仙台堀河岸へ出た。

南河岸今川町には、佐柄木屋がある。

晴天、日溜《ひだま》りにいれば暖かいが、吹き抜ける川風は身を切るほどに冷たかった。年の瀬だからか、川面《かわも》を行き来する荷船の姿は多めだ。船着き場に停まった船から荷を運び出す人足の掛け声が、冬空にこだましていた。

佐柄木屋の前にある船着き場には、小ぶりな荷船があって、米俵を運び入れていた。大口の客に、届けるところらしかった。

「米不足でも、あるところにはあるんだねえ」

道端にいた貧しげな女房ふうが、荷運びの様子を見て呟《つぶや》いた。

見覚えのある手代が、荷を数えている。荷運びに関わる小僧の動きも、きびきびとしていた。八百俵の米が入らなくても、店は小揺るぎもしていない様子だった。

角次郎は、河岸道でその様子を眺めていた。

仙台堀をもうしばらく東へ行くと、北河岸に半丁ほど堀が引き込まれている。その先には、関宿藩の下屋敷があった。

「おや、大黒屋の若旦那《わかだんな》じゃありませんか」

背後からいきなり声をかけられた。声に聞き覚えがあった。

振り返ると、絹物を身に纏《まと》った二人の若旦那と浪人者の三人が立っていた。声をかけてきたのは、角次郎と同い年の佐柄木屋の次男坊利之助《りのすけ》である。そして脇にいたのが、その兄の利兵衛《りへえ》だった。

利兵衛は、佐柄木屋の跡取りだ。

どちらも、鼻筋の通った賢そうな顔つきをしている。おおむね利兵衛は仕入れを受け持ち、利之助は販売を受け持っていた。父親譲りの商いの勘をもった、やり手の兄弟だと言われている。

そして浪人者は、塚越源之丞《つかこしげんのじょう》という佐柄木屋の用心棒である。角次郎とほぼ同じ年頃で、額の広い顎《あご》の尖《とが》った顔をしている。立ってこちらを見詰める姿には、微塵《みじん》の隙もなかった。馬庭念流《まにわねんりゅう》の使い手で、佐柄木屋の悪事を裏で支えている男だった。

「我が家に、何か御用でもございましたか」

利之助が、慇懃《いんぎん》な口調で問いかけてきた。

「い、いや。用があって、通りかかっただけですよ」

角次郎は、いくぶん動揺している。店の様子をうかがっているところなど、見られたくはなかった。しかし、じたばたしても始まらないので、何事もない口調で言い返した。

「そうでしたか。わたしはてっきり、店を譲ってくださる腹が決まって、おいでくださったのかと思いました」

しゃあしゃあと、利之助は言った。

大黒屋の店舗は、本所でも人通りの多い一等地にあった。間口は二間半だが、隣は戸を立てたままの間口が三間ある空き店となっていた。この店は元は荒物屋で、佐柄木屋が金にあかして買い取ったのである。

佐柄木屋は、この場所に小売りの店を作ろうとしていた。空き店と大黒屋の敷地を合わせれば、間口五間半の大きな店を建てることができる。

その新店の主人には、利之助がなるという話を角次郎は聞いていた。佐柄木屋主人の利七左衛門や利之助は、何度も大黒屋へ訪ねて来て、店を言い値で引き取りたいと申し出てきていた。

けれどもこの申し出を、善兵衛は頑とはねのけている。

「親父が拵《こしら》えた店を、あたしが人手に渡せるわけがないじゃありませんか」

わずかな金子《きんす》にも目の色を変える善兵衛だが、この件に関しては小判を積まれても頭を縦に振らなかった。何でも金で片をつけようとする、佐柄木屋のやり口も気に入らなかったのかもしれない。

何であれ角次郎は、善兵衛のその心意気を買っている。婿に入るとき、力を合わせて江戸一番の店にしようと話し合った。武家から商家へ婿に入ったのには、そのときの善兵衛の言葉も、背中を押していた。

二人の大望を果たすためには、今の店を手放すことなど考えられない。ここを出発点にする店なのである。

何度も断ってきたが、大黒屋の店舗を手に入れることを、佐柄木屋はあきらめなかった。向かい合って口を利けば利之助は慇懃だが、裏へ回ってする追い出しの手口は極めて乱暴で阿漕《あこぎ》だった。

人を使って、付け火を図ったことがある。他にも店先に糞尿《ふんにょう》を撒《ま》いたり大量の鼠の死骸《しがい》を置いたりした。付け火を行った者は、証言を得る前に塚越に斬殺された。糞尿も鼠の死骸も、誰が行ったかの断定はできないでいる。けれども佐柄木屋の仕業であるのは、間違いなかった。

嫌がらせは、今も続いている。

ふざけたやつらだと思う。だがここで何かを言っても始まらない。

「それではこれで」

話などするつもりはないから、角次郎はすぐに河岸の道を歩き始めた。三人の眼差《まなざ》しが、背中に突き刺さってくる。

一瞬、振り返りたい気持ちにかられたが、ぐっとそれを堪《こら》えた。

三

朝のうち角次郎と善兵衛は、数軒残った掛取りの打ち合わせをしていた。二人とも精力的に廻ったが、まだ代金を取れていない客があった。

「版木職の松吉《まつきち》親方のところは、明日の大晦日《おおみそか》になればこれまでの手間賃が入るそうです。年によってはこういうこともありますが、取りはぐれはないでしょう。親方は義理堅い人ですから」

「年の瀬は、どこも厳しいですね」

善兵衛の言葉に、角次郎は頷《うなず》いた。大晦日に金が入るから、それまで待ってほしいと言う店は、他にもあった。

どこの商家も、掛取りに忙しい。大黒屋へも、つい今しがた味噌醤油《みそしようゆ》の店から掛取りの番頭がやって来た。

「厄介なのは、旅籠《はたご》の俵屋《たわら》じゃないですか」

「うむ、そうですね。あそこは商いが成り立たなくて、娘を売りに出すのではないかという噂があるくらいですから」

俵屋の主人は、阿漕な者でも狡《ずる》い者でもなかった。ただこの数年、商いが傾いてきて、客の集まらない旅籠になってしまった。大黒屋では、米半俵分の貸しがあるが、取れないままになっている。

「まことに申し訳ありません」

床に頭をこすりつけるようにして言われると、次の言葉が出てこなくなる。閑散とした、修理もままならない旅籠の古びた建物を目の当たりにすると、金がないのは嘘ではないと分かる。

こうしたところへ掛取りに行くのが、角次郎にしてみれば何よりも辛《つら》かった。強面《こわもて》で脅してくる相手の方が、よほどやり易かった。

「まあ、いただける限りはいただきましょう」

同情の余地はあっても、これは商いである。「けっこうです」とは言えない。

話がそろそろ終わろうとするころ、お万季とおトクが、店に出てきた。お万季は、外出の支度になっていた。紺絣《こんがすり》の綿入れを身に着けている。右手に風呂敷《ふろしき》包みを持ち、左手には合切袋を下げていた。合切袋には、書のための道具が入っている。

これから、蔵前《くらまえ》では名の知られた書の師匠長谷川洞泉のもとへ、年末の挨拶《あいさつ》を兼ねた稽古《けいこ》に行くのであった。風呂敷には、歳暮の鰹節《かつおぶし》が入っている。

「気をつけて行っておいで」

おトクが声をかけた。善兵衛と角次郎も、話をやめて見送った。お万季は三人に目を向けて頷くと、口をわずかに動かした。「行ってきます」とでも言おうとしているらしいが、声は出ない。

それでも口元に笑みを浮かべて、店から出て行った。

「もう少しで、声が出るかもしれないねえ」

とおトクが呟く。期待を口に出してみたのである。それで角次郎は応《こた》えた。

「ええ、もうじきですよ」

これは願望ではない。そう信じているから口にしたのである。

「あなたは、いい婿さんですよ」

おトクは、角次郎に慈しみの目を向けた。

こういう言い方をされると、まんざらでもない気持ちになる。角次郎は、遠ざかってゆくお万季の後ろ姿を見送った。

お万季は月に三度、名筆長谷川洞泉のもとへ通っている。

七歳の声を失った直後から今日まで、稽古を休んだことはない。みるみる腕を上げ、今では角次郎が舌を巻くくらい見事な腕前を持つようになっていた。女文字だけでなく、堂々とした男文字も書ける。

そして善兵衛や角次郎など、ごく一部の者しか知らないことだが、お万季はゆっくり十を数える間見た書面は、どのような筆跡でもそのままに模写できる腕を兼ね備えていた。もちろん厳密にみれば、真偽の違いは分かる。しかしざっと見ただけでは、よほど元の筆跡に詳しくないと、見分けられなかった。

またお万季は書くだけでなく、人の筆跡を見分けるという特技も持っていた。どれほど似せて書いた文字でも、一度見た記憶のあるものならば、偽書であることをたちどころに見分けた。

声を失ったことで得られた才なのかもしれないと、善兵衛は言っていた。

そこへ荷運びを済ませた直吉が帰ってきた。

直吉は十六歳、どじで鈍いが丁寧な仕事をする。下総野田の生まれで、郷里に縁のある角次郎には、婿に入る前から親しみを示してきていた。

「た、たいへんです。今、聞いてきた話なんですが」

黒目を大きくして、角次郎を見詰めた。

「どうした」

出先のどこかで、噂話でも耳にしたのだろうとは思ったが、ともあれ聞いてみることにした。

「隣の空き店ですけどね、そこに米屋ができるそうです」

「米屋だと。佐柄木屋が、店を開けるというのか」

佐柄木屋は大黒屋の店舗を売れと、しつこく言ってきている。しかし善兵衛が頷かないから、間口三間の店でも、とりあえず店を出そうと考えたのかもしれなかった。

「佐柄木屋という屋号かどうかは分かりませんが、何でもうちよりも安い値で米を売る店にするそうです」

「なんだと。それじゃあ、これまで以上の嫌がらせじゃないか」

善兵衛が顔色を変えた。大黒屋の客を、根こそぎ奪われてしまうと考えたようだ。

直吉は木戸番小屋の前で、近所の主人同士が立ち話をしているのを聞いたのだという。

「う、うちも、値下げをしなくちゃあならないのでしょうか」

「場合によっては、それも考えなくてはならないかもしれないな」

直吉の問いかけに、善兵衛は顔を曇らせた。

「はたして佐柄木屋は、本気でそんなことをするのでしょうか」

二人のやり取りを聞いていた角次郎は、腑《ふ》に落ちないものを感じながら口にした。

「それはない、というわけですか」

角次郎の顔を見ながら善兵衛は言った。

「昨年の不作で、米は今高騰しています。うちは今でも、他と比べて割安な値で商いをしています。もしうちより安い値で商いをしたら、どうなると思いますか」

そう問われて、善兵衛はあっという顔になった。

「江戸中から、人が集まってくるな。押すな押すなの大騒ぎになるぞ」

「はい。それが毎日続くでしょう」

「そうなると、さしもの佐柄木屋の米蔵も、じきに空になるんじゃないですかね」

直吉も気付いたらしかった。

不作の年でなければ、有効な嫌がらせになる。いくつかの問屋が集まって負担を分け合えば、大黒屋のような小店はひとたまりもない。しかし今年に関しては、自分の首を絞める結果になるのは明白だった。

「直吉、案ずることはないぞ」

力強く言ってやると、ほっとした顔になった。

「それにしても、佐柄木屋は今のままで、本当に店を開くのでしょうか」

善兵衛が、ため息交じりに呟《つぶや》いた。安値の話はないにしても、佐柄木屋の在庫量の豊富さには驚くべきものがあった。隣で店を開くという話は、根も葉もないものとは思われなかった。

「横流し米ももちろんあるのでしょうが、江戸川筋の地廻《じまわ》り米問屋とは大きな繋《つな》がりがあります。佐柄木屋には関宿にも支店があって、船問屋の野村屋と手を組んで下総の米だけでなく、奥州《おうしゅう》米や野州《やしゅう》米も仕入れていますからね」

関宿まで米の仕入れに行った角次郎は、その実態を目の当たりにしていた。

佐柄木屋では、年貢として集めた天領の米や藩米は扱わない。旗本の知行地でとれた米や各藩の家臣の禄《ろく》米、百姓の年貢を納めた残りの米を集めて買った。札差や幕府の御用達商人、藩の蔵屋敷などを通さない米である。

これを商人米といった。

商人米は、上方から搬送される下り米と奥州や関東で作られる地廻り米が中心だ。

将軍家斉《いえなり》の治世も後半にさしかかるころ、江戸に入津《にゅうしん》する米は年に二百万俵を超す。そのうち幕府米は五十万俵弱、藩米は五十三、四万俵といわれている。下り米はそこそこ五万俵ほどで、残りはすべて地廻り米となる。

商人米の割合が、いかに多いかがうかがえた。この商人米を江戸で扱う中心は、関《かん》東米穀《とうべいこく》三組問屋《みくみどんや》といわれる、仲間組織の三十軒の商人たちである。江戸で何代にも渡って米商いをしてきた大店老舗《おおだなしにせ》といった店だ。

しかし百万俵もの米を、この関東米穀三組問屋だけで捌《さば》き切れるものではなかった。江戸の人口は百万人を超している。

三百軒に及ぶ地廻り米穀問屋や二百軒ほどの脇店八ヶ所米屋が、これを補う形で商いをしていた。佐柄木屋は、この地廻り米穀問屋の一軒ということになる。格の上では関東米穀三組問屋には及ばないが、商い高の上ではけっしてこれらの店に劣らない。

大黒屋と比べれば、雲泥の差があった。

「とてつもない大物を、敵に回しているわけですね」

直吉が、ぽかんとした顔で言った。こういうとき、善兵衛は黙っている。そこに狡さはあるが、引くことのないしぶとさもある。

「だからといって、怯《ひる》むわけではないぞ。かえって遣り甲斐《やりがい》があるではないか」

角次郎が口にすると、善兵衛が頷いた。角次郎が関宿で冤罪《えんざい》のために入牢《じゅろう》の憂き目に遭ったとき、お万季と共に駆けつけてくれた。そのことを忘れていなかった。

四

普段なら、四つ（午後十時）の鐘が鳴ると、町木戸が閉じられる。深夜から暁烏《あけがらす》の声が聞こえるまで、町は闇に沈む。東両国の広場から回向院を繋ぐ表通りも、人の足音など聞こえることはめったになかった。

けれども大晦日《おおみそか》の夜は、そうはいかない。町木戸も閉じられない。掛取りに走り回る者もいれば、すべてを済ませて初詣《はつもうで》に向かう者もいる。それを当て込む商家もあった。角次郎も、深夜まで掛取りに廻った。

「俵屋さんからは、半分ほどしか取れませんでした」

帰ってきた角次郎は、善兵衛に報告した。それでも俵屋では、娘を売らずに済んだ。売って払えと凄《すご》んだ者もいたらしいが、角次郎にはそれが言えなかった。

「仕方がありませんね。気長にやることにしましょう」

と善兵衛は言ってくれた。集金した金高を、商い帖《ちょう》に記して算盤《そろばん》を入れる。剣術よりも難しいが、近頃では慣れてきた。

記した数字と銭箱の金子《きんす》が合ったところで、一年の仕事が終わった。

「ご苦労様でしたね」

善兵衛がねぎらってくれた。そこで角次郎とお万季、善兵衛とおトクの夫婦は、回向院へ初参りに行く。木戸番や自身番だけでなく、明かりを灯《とも》している商家がかなりあった。提灯《ちょうちん》を手にした通行人も少なからずあるので、通りはだいぶ明るかった。

「おめでとうございます」

顔見知りと会えば、挨拶をする。商いをしていると、知り合いは多かった。

「これはこれは、親分さん」

三十代後半、ずんぐりとした固太りの男とすれ違いそうになり、善兵衛が挨拶をした。四角い顔で、一癖も二癖もありそうな目つきをしている。東両国の界隈《かいわい》を縄張りにする、岡っ引きの寅造《とらぞう》だった。

「おお、大黒屋さんじゃねえか。新しい歳も、しっかり稼ぎねえ」

寅造は、いつものように偉そうな口ぶりで応《こた》えた。善兵衛は小銭をおひねりにして、相手の袂《たもと》に落とし込む。

忘れたら、一大事だ。

相手は袖《そで》の下の多寡で、どう動くかを決めるずる賢い小悪党である。町奉行所の同心から手札を得ているのをいいことにして、町の者の弱みを握っては銭稼ぎをする。袖の下をたっぷり出す、大店主人のご機嫌取りばかりしていた。

大方の町の者は、蛇蝎《だかつ》のごとく嫌っている。

「新年早々、嫌なやつに会っちまったねえ」

立ち去っていった後で、おトクが言った。お万季も頷《うなず》いている。もちろん二人とも、寅造のことは大嫌いだ。

昨年の秋に、大黒屋では五俵の米を破落戸《ごろつき》に奪い取られた。そのときは寅造に訴えたが、まともな探索などしてくれなかった。むしろ店の不備を責めてきた。以来、当たらず触らずで過ごしていた。

回向院では四人が一列に並んで、瞑目《めいもく》合掌をした。大黒屋の繁盛と、家内安全を願ったのである。もちろん角次郎は、お万季の声が一日も早く戻ってくるようにと願うのも忘れなかった。

顔を上げると、まだ善兵衛とおトク、それにお万季の三人は顔を上げていなかった。角次郎は慌てて、もう一度手を合わせた。

店に戻ると、角次郎は二階の部屋で髭《ひげ》を剃《そ》る。お万季が月代《さかやき》を剃ってくれた。正月を迎える気持ちが、徐々に高まってくる。

「では、これに着替えていただきましょう」

おトクが、絹物の着物と裃《かみしも》を運んできた。新品ではないが、紋の入ったちゃんとした品である。角次郎は大黒屋の婿として、新年の若水の儀式を行うのである。

若水とは、その年最初に汲《く》む水のことをいう。神聖な力を宿すものとして尊ばれた。この水を汲むのは、年男の仕事だ。年が明けて角次郎は、二十四歳になった。

「ご立派、ご立派」

裃姿を見たおトクが、嬉《うれ》しそうに言った。

井戸端へ行くと、善兵衛が井戸に注連縄《しめなわ》を張っていた。手桶《ておけ》も新調されていて、輪飾りがかけられている。

この行事は、武家町家を問わずどこの家でも行った。五月女家では、嫡子である兄の角太郎《かくたろう》が行っていた。

角次郎は、今年の恵方に向かって立つ。ゆっくりと釣瓶《つるべ》を落としてゆく。直吉を含めた大黒屋の者四人がここでも瞑目合掌を行った。

桶に汲まれた若水で、お万季は雑煮を拵《こしら》える。おトクはこの湯を沸かして、福茶を煮る。おりしも東の空が、明るくなってきたところだ。

「ああ、初日の出だ」

善兵衛が声を上げた。一同今度は、そちらに向かって両手を合わせた。

角次郎は、裃を脱ぐ。すると部屋に、新しい着物が用意されていた。柄に見覚えがある。そういえばお万季が、これを縫っていた。着ろということらしい。

袖を通した。

「体にぴったりだな」

呟いた角次郎は、自分の相好が崩れているのが分かった。だがそのときである。

「た、たいへんだ」

通りに出ていた直吉が、駆け込んで来た。

「新年早々、何を慌てているんだ」

善兵衛が叱っている。二人のやり取りが聞こえてくる。

「お、お店の看板に、す、墨がかけられて」

「な、なんだと」

角次郎は、二階から駆け下りた。店の戸が一枚開けられている。

「おお、これは」

叫び声が出た。

大黒屋の看板は店の屋根に横向きで一つ、そしてもう一つ庇《ひさし》の下に縦に柱に吊《つ》るされたものが掛けられていた。軒下のものは、畳一畳を縦に半分にした程度の大きさの板に、『春米《つきごめ》　大黒屋』と文字が盛り上がるように彫られていた。

これにたっぷりの墨が、ぶちまけられていたのである。初参りから帰ってきたときには、気が付かなかった。その後にかけられたわけか。

「元旦《がんたん》に、な、なんと酷《ひど》いことを」

善兵衛が、怒りに震えていた。嫌がらせである。佐柄木屋の仕業に違いなかった。おトクとお万季も通りへ出てきた。

「わあっ」

おトクは悲鳴を上げた。

「くそっ」

腹は立ったが、このままにはしておけなかった。角次郎はこの看板を外すと、井戸端へ駆け込んだ。水をすくい上げると、ざぶりと墨で汚れた看板にかけた。

お万季がたわしを持ってきた。

歯を喰《く》いしばって、ごしごしとこすった。お万季の顔には怒りがある。しかしそれよりも、墨に汚れた看板を、元に戻したい気持ちの方が強いのだと分かった。

角次郎も、一緒に看板を洗った。

どうにか色が落ちたころ、木戸番小屋の番人の女房が駆け込んできた。

「こ、こんなものが、木戸に貼り付けてあったんだよ」

厚手の紙に、太い筆で乱暴な文字が書かれている。受け取った善兵衛は声も出せずに角次郎へそれを寄越《よこ》した。

『大黒屋の米には　米喰い虫がいっぱい　腹をこわすのはご免ご免』

「ふざけやがって」

角次郎は、その紙を握りしめた。その手が震えている。

米喰い虫は、鼠と共に米屋にとっては天敵だ。穀象虫《こくぞうむし》のことをいう。小指の爪の先よりも小さい虫で、口吻《こうふん》で穀物に穴をあけて産卵し、孵化《ふか》した幼虫は米を喰い荒らす。食べたからといって、人の体に害があるわけではない。けれどもそんな米を売ったとなったら、店の信用に関わる。

米商人としては、恥じ入るべきこととなる。

「貼られていたのは、これだけですか」

「木戸番には、それだけだったよ」

「よし。手分けして探そう。あったら、すぐに剥《は》ぎ取るんだ」

返事も聞かず、角次郎は通りへ飛び出した。町木戸に貼ってあったのは一枚きりだが、他にないとは限らない。

回向院に向かって走ってゆくと、道端の天水桶に紙が貼りつけられているのが見えた。駆け寄った。

『大黒屋の米喰い虫　うまいぞ』

と書いてあった。

角次郎は、乱暴に剥ぎ取った。

さらに周囲に目を凝らしながら、表通りを駆けてゆく。回向院への初参りの人波が、途切れもなく続いている。それを避《よ》けながら進んだ。

回向院門前までの道のりで、さらに二枚見つけた。帰りは違う道を駆けた。そこでも二枚あった。

大黒屋へ戻ると、店の前に善兵衛がいた。

「私は両国橋の方へ行きましたが、これだけ貼ってありました」

手に持っていたのは四枚だった。橋の欄干にも貼ってあったとか。

直吉とお万季が駆け戻ってきた。どちらも息を切らせている。二人は竪川の方向へ行ったのである。

持ち帰ったのは、三枚だった。

「こ、これで、たぶんないと思います」

直吉は、青白い顔で言った。

そこへとんでもないやつが姿を現した。四角い顔のずんぐりとした男である。岡っ引きの寅造だった。

「なんか、とんでもねえことがあったらしいな」

「ええ、冗談じゃありません」

善兵衛が、看板のことや貼り紙のことを怒りの顔で訴えた。

「ほう、そうかい。正月早々、泡食って走り回っているって聞いたからよ、何があったかと様子を見に来てやったんだ」

恩着せがましい言い方だった。

「しかし、本当に米喰い虫はいなかったのかい」

顔つきには、案じる気配はなかった。むしろからかうふうがあった。

「あたりまえですよ。うちの店で、そんなことがあるわけありません」

むきになって善兵衛は言った。

「いやあ、分からねえぞ」

寅造の言葉を聞いて、角次郎はこいつがやったのかもしれないぞと思った。佐柄木屋と繋《つな》がっているのは、明らかだ。

「おめえさんら、同業の春米屋から嫌われているんじゃねえかい。これまでもいろいろあったらしいが、これからもきっとあるぜ」

すっ呆《とぼ》けた顔で言っている。

「…………」

角次郎も善兵衛も返事をしなかった。寅造はそのまま続けた。

「どうでえ。今のうちに、佐柄木屋さんに店を売っちまったら。いい値で買い取ってくれるんじゃねえかい。尾羽打ち枯らしてからじゃあ、二束三文になるぜ」

殴ってやりたいと思ったが、それはしなかった。こんなやつを相手にしても仕方がない。嫌がらせの確たる証拠を手に入れたときには、とっちめてやろうと考えた。

「まあ一応は、誰の仕業か調べてやるぜ」

そう言い残すと、寅造は引き上げていった。

しかしまだ、仕事は終わっていなかった。

「米喰い虫が本当にいるかいないか、改めて調べてみます」

角次郎は善兵衛に伝えた。

穀象虫が一生に産む卵は、馬鹿にならない数になる。万が一でも本当にあったら、信用を落とすだけではなかった。四百俵の米は売り物にならなくなり、損害は莫大《ばくだい》なものになる。

もし一匹でも発見されたら、すぐにも倉庫から無傷の米俵を運び出さなくてはならない。他にも庫内に、虫がいる虞《おそれ》があるからだ。

当然その倉庫は、しばらくの間米穀を収める建物としては使えない。

まず店裏にある倉庫に入った。手に持っているのは先の尖《とが》った竹のヘラである。俵の中の米をすくい取って、一俵一俵調べるのである。

これには善兵衛も直吉も、そしてお万季もおトクも加わった。

「ここにはないぞ」

次は、借りている倉庫の中の米俵である。おトクだけを留守番にして、一同は駆け出した。倉庫には錠前が掛っているから、人が忍び込んで虫を入れるという悪さはできないはずである。

「念には念を、入れなくちゃあなるまい」

庫内に入った。中には、米糠《こめぬか》のにおいがこもっている。

ここでも手分けして米俵を改めた。

「大丈夫でしたね」

一俵残らず確かめたところで、角次郎はほっとして言った。

「まったく、ふざけた話だ」

憤懣《ふんまん》やるかたない顔で、善兵衛が応じた。

ともあれ騒ぎは収まった。大黒屋に、ようやく正月の朝が訪れた。

五

昼過ぎになって、角次郎は紋服に着替えた。これからお万季を伴って、外神田和泉《いずみ》橋通りにある実家の五月女屋敷へ向かう。新年の挨拶《あいさつ》である。

直吉が供について、米一俵を荷車に引いてのことだ。

「ぜひ持っていってください」

角次郎はいいと言ったが、善兵衛は聞かない。これには次男坊を婿に取った、礼の意味がこもっているらしい。また秋からの角次郎の働きに対する感謝も入っていると思われた。

「それならば、ありがたくもらっておこう」

五月女家は三百五十石の旗本家だから、暮らしに困っているわけではない。しかし万事に物入りで、母の久実《くみ》はやりくりに苦慮していた。

嫡男には許されない台所への出入りを、次男の角次郎はしていた。というよりも、いろいろの手伝いをさせられていた。台所から中堅旗本家の暮らしの様相を、つぶさに見てきたのである。

角次郎夫婦は、荷車ごと台所口へ回る。米俵を土間へ運び込んだ。

「余計な気は、遣わずともよいのですよ」

と、久実は言う。嬉《うれ》しげな顔は、角次郎にもお万季にも見せない。しかし五月女家にとっては、大助かりなのである。

「角次郎は、玄関から入り直しなさい。お万季さんには、手伝いをしてもらいましょう」

遠慮のない口調で言う。

今日は角次郎夫婦だけでなく、縁戚《えんせき》の者が集まる。兄嫁の萌絵《もえ》は腹もだいぶ目立ってきて、出産もそう遠くない。これまでのようには、動けなくなった。声は出せなくても、お万季は働き者だから、母は手助けを期待している。

父と兄に、新年の挨拶をした。

「店の商いは、うまくいっておるか。大黒屋を大店《おおだな》にすると口にしたのを忘れるでないぞ」

真っ先に、父に言われた。

「ははっ、励んでおります」

元旦《がんたん》早々、嫌がらせを受けたことなど伝えられない。またその程度では、怯《ひる》んでもいない。気力は旺盛《おうせい》だから、意気込みが声に出た。

「ならば重畳」

父は機嫌よく言った。商家への婿入りに、理解を示してくれた人だ。

奥の広間へ行くと、縁類の者たちが酒を飲んでいる。角次郎は酒が嫌いではないが、一合も飲んでしまうと足取りが危うくなる。外で飲むのは、そこに泊まるときだけだ。

だから注ぎ役に徹する。

祖父角兵衛の弟にあたる老人の前に、腰を下ろした。老人の近況を聞きながら、酒を注ぐ。

　そこへお万季が、燗《かん》をつけた酒を運んできた。

「これはこれは、愛らしい嫁ごだな」

　老人は、目を細めてお万季を見た。声は出さないが、お万季も笑顔を向ける。

「その方ら、祝言を挙げてどれほどになるか」

「三月《みつき》ほどになります」

「なるほど。そうなると、ややが腹にできる頃だな」

　ほろ酔い加減で言っている。悪意はないのだが、お万季の顔が曇った。

　赤子ができるできないの前に、角次郎とお万季は、まだ夫婦の契りを結んでいない。お万季の心の中にある拘《こだわ》りが解けてからと考えているから、手を握るというところまでしかしていない。

　だがそれを、酔った老人に分からせるのは難しかった。

「いやいや、まだ先のことでございますよ」

　角次郎は笑顔で誤魔化した。

「なに、その方らが励めばよいのだ。のう嫁ご」

と、お万季に同意を求めた。酔っ払いは、物言いが諄《くど》くなる。お万季は、目顔に困惑を浮かべていた。

今の夫婦のありようについて、二人で気持ちを伝え合ったことはなかった。お万季が、このままでいいと考えていないのはよく分かる。けれども気持ちに、体がついていかないのは見ていて角次郎には理解できた。

だから今しばらく時が欲しいと考えているが、お万季は己を責めているかもしれなかった。

「いかがされた、嫁ごどの」

若い夫婦が困る様子を見ているのは、酔った老人には面白いのかもしれない。さらにお万季に詰め寄った。

「まあまあ、いいじゃないですか。できるとなったら、すぐにできますよ」

そこへ割って入ってきたのは、母だった。笑顔で、老人の杯に酒を注いでいる。

「あなたは台所の方を手伝って」

お万季には、別の用事を言いつけた。この場から追い立ててくれたのである。

角次郎はほっとした。

来客が引き揚げた後、皆で正月の膳《ぜん》を囲んだ。お万季が声を出さないことについては、誰も触れない。

角次郎は勧められて、猪口《ちょこ》で三杯ほど酒を飲んだ。それでもだいぶ酔っぱらった。夜道を、お万季と手を繋《つな》いで本所まで帰った。

正月二日目には、大黒屋は店を開いた。初荷の幟《のぼり》を立てた荷車が、通りを進んで行く。

さっそく、百文買いの客が現れた。

「さて。今年の米を仕入れなくてはなりませんね」

帳場格子の内側で、角次郎は善兵衛と向かい合った。

倉庫には四百俵の米が眠っているが、これは一時しのぎの商品である。

新しい年の仕入れがどうなるか。今のままでは、仕入れ先の問屋の都合に引きずり回される。小売りの最末端の舂米屋《つきごめ》に過ぎなかった。

たとえ不作であっても、一定量以上の米を仕入れられる店にならなくてはならない。

そのためには、新たな方途を探し出す必要があった。

「関宿藩から仕入れられるといいですね」

善兵衛が呟《つぶや》いた。

「ええ。でもそのためには、藩の御用達にならなくてはなりません」

関宿藩は禄高《ろくだか》こそ五万八千石だが、当主の久世《くぜ》家からは幕府の老中も出ていた。譜代大名の中でも名門といえる御家だった。

年貢の米は、藩米として商人米とは別の流れで仕入れられる。御用達になるためには、藩の蔵屋敷や米会所に出入りが許されるようにならなくてはならない。しかしそこには、名の知られた大店老舗《しにせ》が場を占めてしまっている。

弱小の春米屋が入り込む隙間など、ほんの少しもなかった。

「横流し米を一部取り戻すために力を貸したというだけでは、どうにもなりません。四百俵の米だって、藩の御用達からは苦情が出たそうです」

これは江戸の藩邸にいる田所から聞いた話だ。朽木の上司である国許《くにもと》の勘定奉行喜多山圖書が、その苦情を払いのけてくれた。

これ以上の頼み事はできない。

「まあ、今のままの質素倹約の暮らしを続ければ、ある程度の資金はあるので、仕入れはできます」

米不足の高値続きに、今の在庫量の多さは大きい。だからこそ守りの商いではなく、打って出たいところなのだった。

「ただ四百俵の仕入れをするために、新たに金も借りましたからね。その返済もしなくてはなりません」

これは月ごとに利息を払う形で借りた。現実に米を押さえているから借りやすかったが、その利息も馬鹿にはならない。

「返済は予定通り、今ある米を売る中でしていきましょう」

善兵衛の言葉に、異存はない。

ただ金は借りていても、仕入れのための資金百両はそのまま店に残していた。その金をいつまでも遊ばせておくわけにはいかない。有効に使わなくてはならないのである。

「やはり野田や関宿の百姓から、直《じか》に仕入れてくるしか道はなさそうですね」

角次郎が言うと、善兵衛も頷《うなず》いた。

江戸で商人米を扱う業者としては、関東米穀三組問屋がある。しかしこの仲間に加わることも、容易《たやす》くはない。佐柄木屋でもそれができず、地廻り米穀問屋の道を選んだ。船問屋野村屋の手を借りながら、野田や関宿からだけでなく、奥州米も含めて領主に納めた年貢米の残りや、藩士の禄米、旗本家の知行米を仕入れていた。

大黒屋も、しばらくは同じ道を行かなくてはならない。

「三ヶ日が過ぎたら、野田へ参ることにいたしましょう」

「ええ、そうしてもらえれば助かります」

角次郎の申し出に、善兵衛は応じた。

「今年の作柄は、どうなるか分かりません。しかし先に話をつけておきたいと思います」

昨年、秋になってから野田を廻《まわ》った。すでに出荷された後だったから、米を仕入れるのには難渋した。助力してくれる人がいなかったら、できなかった。

そのとき、早めに手を打っておくことの大切さを痛感した。前金を払っておいて、文書で収穫後の米の引き渡しを明記しておくのである。年によって米の値段は変わるから、その差額を米の引き渡しのときに払うという形だ。

何年もの、あるいは何代もの付き合いがある関東米穀三組問屋や地廻り問屋ならば、前金などは出さないのかもしれない。しかし大黒屋は新参者である。

百姓も、前金が入るのは喜ぶ。ただその額の決定については、慎重な判断が必要だった。

「昨年は不作で米高でしたが、今年はどうでしょうか。豊作ともなれば、米はだぶついて安値となります」

「ですから、とりあえずは五百俵でどうでしょうか。春先から様子を見て増やすこともできます」

五百俵という数字は、口で言うだけならば容易い。しかし実際に仕入れをするとなると、難渋するのは分かっていた。それでもあえて、伝えたのである。

それだけの意気込みを持って、野田へ向かいたかった。

「それでいいでしょう」

一瞬驚きを顔に浮かべたが、善兵衛は角次郎の提案を受け入れた。

「一俵の前金は、どこまで払いましょうか」

ここが厄介なところだ。秋に、角次郎は五十両で百三十俵を仕入れた。しかしこの数字はあてにならない。豊作となれば、この金高では高値での仕入れとなる。

「前金ですからね」

と善兵衛は言った。しばらく頭を捻《ひね》ったところで、ようやく声を出した。

「一俵につき、銀十匁はぎりぎりのところでしょう。もちろん場面によって、婿殿のお考えに任せますが」

川船による輸送料や店の経費、倉庫の借り賃などを考え合わせれば、妥当な数字だと思われた。最終的な買い取り価格は相場を見ての相談だが、これ以上出してしまうと、仮に大豊作だったら面倒なことになる。

「分かりました。まずはそれでやってみましょう」

角次郎の腹が決まった。

初荷を配達に行った直吉が、店に戻ってきて言った。

「寅造のやつが、昼間だというのに、深川六間堀《ろっけんぼり》町の小料理屋で佐柄木屋利之助と酒を飲んでいましたよ」

話が盛り上がっていた様子だとか。

「やはり昨日の嫌がらせは、寅造の仕業だな」

善兵衛が言った。

「はい。とんでもないやつらです」

憎々しげに、直吉は言い足した。通りを進んでいると、いきなり高い笑い声が聞こえた。店の戸は開いていて、中の二人の顔が見えた。かなりびっくりして、店に戻ってすぐに報告をしたのである。

六

正月四日の早朝、旅姿になった角次郎は野田へ向かう荷船に乗り込んだ。竪川にある船着き場からだ。船には油や木綿、古着や小間物などが載せられている。江戸からの荷だ。

江戸川を行き来する船は、往復とも荷を満載にする。空船で戻ることはなかった。

「どうぞ気を付けて」

おトクが声をかけてきた。お万季は無言だが、ずっと角次郎に目を向けている。早起きをして、弁当を拵《こしら》えてくれた。旅支度の着替えも手伝った。

「では」

角次郎が声を発すると、荷船が川面《かわも》を滑り出た。艪《ろ》の軋《きし》む音が、あたりに響いた。

新春とは名ばかりで、川面を渡る風は身を切るように冷たかった。それでも見送りの善兵衛夫婦とお万季は、姿が見えなくなるまで船着き場に立って見送っていた。

角次郎の懐には、百両の金子《きんす》が入っている。ぱんぱんと両手で頬を叩《たた》いた。気合いは入っている。納得のいく成果を収めるまでは、江戸には戻らない覚悟だった。

船は竪川から、小名木川《おなぎがわ》へ出る。真っ直ぐに東へ向かって進んだ。船首に腰を下ろす角次郎には、昇ってくる朝日はかなり眩《まぶ》しい。

けれどもそれは、気持ちをかき立ててくる。野田へ向かう船に乗るのは、もう何度目か。川筋の模様は、目に焼き付いていた。人に尋ねなくとも、船がどこにいるか分かった。

夜の間川を下ってきた荷船や、採れ立ての野菜を積んだ近郷の農家の小舟がすれ違ってゆく。その景色は、角次郎が初めて野田へ出向いたときと変わらない。

船は中川《なかがわ》の御番所を過ぎると、新川《しんかわ》の川筋に入る。この川は行徳《ぎょうとく》からの塩を運んでくる荷船が通るから、行徳川とも呼ばれた。

この川は、さらに大きな川にぶつかる。水位の違う川だから、合流点の川面は渦を巻いている。船頭にしてみれば、腕の見せ所だ。これが江戸川だった。

昼前の日差しが、川面と河岸を照らしている。振り返ると、冠雪した富士《ふじ》のお山が霞《かす》んで見えた。

荷船は江戸川を上ってゆく。とうとうと流れる大河だ。白い帆を張った大型の高瀬舟の姿が、遠く近くにあった。もちろん、それよりも小ぶりな平田船も少なくなかった。

どの船にも、満載の荷が積まれている。米や麦などの穀類だけではない。醤油《しょうゆ》や酒の樽《たる》、茶や茶花、菜種、真綿、蝋《ろう》、生薬、紙、煙草、漆、紅花などあらゆる産物が野州や常州《じょうしゅう》だけでなく東北からも送られてきた。その中には、水戸《みと》の卵まで含まれる。

利根川と江戸川は、関東水上輸送の大動脈といえた。

かつて利根川は、羽生《はにゅう》付近から南に流れ、幸手《さって》や粕壁《かすかべ》をへて江戸の海に注いだ。この川の東側には、皇海山《すかいさん》を源にした渡良瀬川《わたらせがわ》と日光の鳴虫山《なきむしやま》から流れ出る思川が古河《こが》で合流し、太日川《ふといがわ》となって流れ込んでいる。これが後の江戸川だ。加えてさらに東側には、長井戸沼《ながいどぬま》から流れ出た常陸川《ひたちがわ》が銚子《ちょうし》から広い外海へ流れ出ていた。

それが文禄《ぶんろく》三年（一五九四）になって、利根川改修工事が始まる。元和《げんな》七年（一六二一）には、利根川を太日川の上流で合流させた。承応《じょうおう》三年（一六五四）には、太日川の上流から赤堀川《あかほりがわ》を掘って、常陸川と結んでいる。これによって江戸の海に流れ込んでいた利根川は、銚子に流れ出ることになり、途中に放水路として江戸川が役目を果たすようになった。

利根川には、東北からの物資を運ぶ鬼怒川《きぬがわ》が流れ込んでいる。今や利根川と江戸川は、上野《こうずけ》や下野、常陸、下総だけでなく、東北諸藩の物資を運ぶ重要な交通路となった。

水上輸送は、一度に大量の荷を迅速に運ぶことができる。そこで船の手配をする各河岸の船問屋と共に、大いに発達した。

その利根川と江戸川が交差する場所が関宿である。角次郎は、江戸川河畔の野田と関宿を中心にして秋に収穫される米を仕入れるために、船に揺られていた。

七年の間過ごした、懐かしい景色が近づいてきた。そろそろ西にある日が黄色くなり始めた頃、船は野田の船着き場へ辿《たど》り着いた。

とんと、船から勢いよく飛び降りる。

訪ねる先は、共に野田で暮らした祖父角兵衛と昵懇《じっこん》だった村名主の忠左衛門《ちゅうざえもん》の屋敷だ。秋に米を仕入れるにあたって世話をしてくれた二人の人物の内の一人だ。幼い頃に、角次郎は可愛がってもらった。

下り物の酒が入った角樽を二つ、手土産に持ってきている。

五月女家の知行地は、川岸から日光東往還道の山崎《やまざき》宿に向かう途中にある。そう離れた場所ではなかった。子どもの頃は、近所の悪童どもとこのあたりにも遊びに来た。

まだ稲が植えられていない田の道を歩いて行く。五月女家の陣屋、とはいってもどうということのない農家だが、ここを足場にして村々を廻るつもりだった。

まずこの建物に入った。住んでいるのは、番人の老夫婦だけだ。ここで旅装を解くと、忠左衛門の屋敷へ足を延ばした。

欅《けやき》の木が二本、聳《そび》えるように並んで見える。その根元に茅葺《かやぶき》の大きな屋敷があった。

これが忠左衛門の住まいである。

「おお、角次郎さん。すっかり商人らしくなったじゃありませんか」

忠左衛門は、気持ちよく迎えてくれた。中背だが矍鑠《かくしゃく》としていて、背筋がぴんと伸びている。薄くなった髪には白いものが交っているが、日焼けした顔は四十代にも見えた。

「さあお上がりなさい」

客間ではなく、囲炉裏のある部屋に通された。

忠左衛門は酒好きだ。さっそく持参した下り酒で酒盛りになるところだったが、酔う前に来意を伝えておかなくてはならなかった。

角次郎は秋の収穫の前にというよりも、田植えの前の時期を選んで、米の仕入れにやって来たこと。それはこの一年だけではなく、長い歳月を通して数量を決め、豊作不作に関わりなく仕入れられる道を開きたいという意図を持ってのことだと伝えた。

善兵衛と打ち合わせた内容である。

困ったときだけ来るな。

という意味のことを、前に角次郎は忠左衛門から言われた。それは今の動きにも繋《つな》がっている。十年後二十年後を見据えた商いの基礎を作るつもりで、やって来たのである。

「意気込みは分かりました。ですがな、多数の小作を持つ大きなところはもちろん、小前でも、年貢米の残りを売る相手は決まっています。何代も前からの、付き合いのあるところです」

忠左衛門は、慎重な眼差《まなざ》しで角次郎を見詰めた。小前というのは、一軒前で農業をする土地持ちの本百姓をさす。名主と組頭、百姓代からなる村方三役と小前が、村の構成員となる。小作や水呑《みずのみ》も村で暮らすが、彼らは小作料を払っても、年貢や夫役などの負担はない。村政に参加する資格もなかった。

角次郎が関わりを持とうとする相手は、小前以上の者たちだ。

「分かっています。ですからじっくりと話し合うつもりで参りました」

「じっくりといっても、益のない話には誰も耳を貸しませんよ。百姓たちのために、何ができますか」

祖父と昵懇だった昔馴染《むかしなじ》みの老人として口にしているのではない。同じ土地に暮らす村人たちの名主として、忠左衛門は話していた。

百姓たちは、自ら米の引き取り手を求めているわけではなかった。こちらが割り込もうとしているのである。

「文書で約定を取り交わします。一俵につきいくらという前金を払います。その金子は、すでに用意して持って来ました」

「ほう」

忠左衛門の顔つきが、少し変わった。

「前金を欲しい者は、いると思います。小前とはいっても、事情はいろいろですから。もちろん支払われる額によるでしょうが」

おおむねは関東米穀三組問屋や地廻《じまわ》り米穀問屋のどこかと繋がっている。例年のことだから、文書で約定を交わしているわけでもなかった。当然のこととして、同じ問屋に買い取らせていた。

「前金を払うところもあります」

「どのくらいですか」

「百俵で二両とか五両とか。そんなものではないでしょうか。一俵ごとにという話は聞きません」

ただ何かの事情があって、どうしても金が欲しいということはある。その場合は、問屋との直談判《じかだんぱん》となった。

「ならばやれるかもしれません」

一俵につき銀五匁だとしても、百俵ならば八両以上が手に入る計算だ。ただそれを喜ぶかどうかは別である。秋に入る米の代金が、その分だけ減る。

「ともあれ話をしてみます」

角次郎は言った。できれば家計が苦しいところがいい。そういう家を、とりあえず教えてもらった。

「さあ、ではゆっくりと飲みましょう」

もう外は真っ暗になっていた。今夜は忠左衛門の屋敷に泊めてもらう。角次郎も飲むつもりだった。

翌日、角次郎は忠左衛門に教えられた小前の家を訪ねた。角次郎とは、顔見知りの農家である。祖父角兵衛が亡くなったとき、家の者すべてで線香をあげに来てくれた。婿に入る前に善兵衛と野田を訪れたとき、五俵の米を手に入れた。忠左衛門の口利きだったが、そのうちの一俵を出してくれたのがこの家である。

主人は源作《げんさく》という四十男だ。農閑期ということもあって、家にいた。角次郎はまず、昨秋の礼を伝えた。

「いやいや、役に立てて何よりです。角兵衛様には、お世話になりました」

米を出してくれたのは、祖父との縁があったからだ。今日も、笑顔で迎えてくれている。

「それで、江戸から出てきましたのはね」

角次郎は、忠左衛門に話したのと同じ内容を口にした。ただ前金の額については触れなかった。これは話し合いだと思っている。

終わりまで話を聞いてくれたが、源作は顔に困惑の気配を浮かべた。前金の額については、触れもしないで言った。

「米は、爺《じい》さんのときから決まっている問屋に引き取ってもらっています。出来のいいときも悪いときも、付き合ってもらってきました。角次郎さんの申し出でも、これぱかりはできませんね」

そこを何とかならないかと、一押しした。けれども源作の返事は変わらなかった。

申し訳なさそうに頭を下げた。

「これは、自家用の米を一俵出すのとは、わけが違うんですよ」

源作は、好意的に接してくれている。それでも慣例を崩すわけにはいかないというのが返答だった。数十年の付き合いの中では、いろいろな出来事があったはずである。大きな借りがあったとすれば、手の平を返すように取引をやめるわけにはいかないだろう。

「では、十俵ほどでもだめですか」

「勘弁してください」

逆に頭を下げられた。

これからの交渉の難しさが、胸を覆った。縁故のある相手でもこれならば、見も知らなかった者ならば、話も聞いてもらえないかもしれない。

しかしこれで怯《ひる》んでしまうわけにはいかなかった。角次郎は次の小前のところへ行った。

村はずれの家だが、ここの惣領《そうりよう》息子とは遊び友達だった。何度か泣かしてやったことがある。顔には、その頃の面影が残っていた。

「ああ角次郎さん」

銀平《ぎんぺい》という同い年の者だ。父親は亡くなっていて、すでに戸主となっていた。もちろんここでも、話は丁寧に聞いてくれた。

「それで前金というのは、どれほどですか」

まず銀平が尋ねてきたのは、その点だった。一俵ずつに払うと言ったのに気持ちが引かれたらしかった。

「銀十匁までは出しますよ」

幼馴染が相手だから、角次郎は駆け引きをしなかった。ぎりぎりの金高を伝えたのである。ただし違約があった場合には、二割五分の利息をつけて返してもらう。これも文書に記すことは言い足した。

「他ならぬ角次郎さんの話だからね。今後ともということで、話をまとめましょう。豊作で米がだぶついても、引き取ってもらいますよ」

「当然です」

「いや、実はちと物入りでしてね。前金は助かります。二十五俵でどうでしょうか」

納得のゆく数量だった。証文を交わして、現金を手渡した。それから今の暮らしぶりや村の様子を聞いた。

今年は二十五俵だが、徐々に増やしてもらえるように頼み込んだ。

「考えておきましょう」

と銀平は応《こた》えた。

その日は、忠左衛門の村と隣接する村の小前の家へ行った。角次郎は婿に出たとはいえ、五月女家の者であるのは誰もが知っていた。門前払いを食わされた家は一軒もなかった。

十俵から二十俵を卸してくれる小前が六軒あった。すでに付き合いのある問屋の分を減らして、回してくれる米である。

ありがたかった。初日の滑り出しとしては、かなりいい。たった一日で、百俵ほどの取引が叶《かな》ったのである。

「だが明日からは、こうはいかないぞ」

角次郎は自分に言い聞かせた。これからは、縁もゆかりもない百姓を相手にするのである。わずかに武者震いが出た。

七

翌日は忠左衛門に馬を借りて、離れた村を廻った。現金を欲しがっているかどうかも分からない。目についた家から声をかけたが、満足に話も聞いてもらえない家が多かった。

また話を聞いてもらえても、

「ここの村では、まとめて関東米穀三組問屋のお仲間に引き取ってもらっています。一軒の家だけでは、どうにもなりませんよ」

というところもあった。

これでは取り付く島もない。老舗《しにせ》の問屋仲間の力を、野田の地で知らされた。

予想は的中した。

ただ話を最後まで聞いてくれる家も、ないではなかった。

「前金を、一俵につき銀二十匁出すならば、考えてもいいよ」

と言った者がいた。これでは話にならない。また収穫時に受け取る金子もその分だけ少なくなる。本気で言っているとは思えなかった。

しかし中には、すぐにも現金が欲しいという家があった。ここでは二十俵の約束をし、一俵につき銀十匁の前金を払った。

足を棒にして歩いたが、この日の収穫はそれだけだった。前途遼遠《ぜんとりようえん》だが、覚悟はできていた。

三日目は、袴田治右衛門《はかまだじえもん》を訪ねた。治右衛門は千石取りの大身旗本の隠居で、祖父角兵衛とは碁敵だった。秋の仕入れでは、忠左衛門と共に力になってくれた人物である。

「寒い日が続きましたのでね。今は臥《ふ》せっておいでです」

訪《おとな》いを入れると、現れた若侍はそう言った。このあたりでは、年末寒い日が続いたそうな。はっきりした歳は聞いていないが、治右衛門は祖父角兵衛と同じ年頃だ。

ともあれ、病間へ案内をしてもらった。

「角次郎か、よく来たな」

横になったままで、治右衛門は迎え入れてくれた。前に会ったときは元気そうだったが、今は青白い顔をしていた。皺《しわ》が深くなっている。

「じきに暖かくなりますからね」

「いや、わしも歳だ」

「何をお言いか」

角次郎は励ました。仕入れのことなど、話す気になれなかった。とにかく体を大事にしてほしかった。

祖父の角兵衛が亡くなったときも、あっけなかった。風邪をこじらせたのである。

治右衛門も同じ様相だった。

江戸での暮らしぶりを伝えただけで、病間を出た。疲れさせるわけにはいかない。

そして若侍から、病状を聞いた。

「もう十日近く、寝込んでおいでです。もちろんお医者様にも診てもらい、薬湯も飲んでいただいています。それでも食は細っていましてね」

顔を曇らせた。

そこで角次郎は、野田の町まで馬を走らせた。町一番の薬種屋へ行ったのである。現れた番頭に、病状を伝えた。

「なるほど。まずはご老人に、精をつけていただかねばなりますまい」

「どのような薬種があるのか」

「そうですな、まあ朝鮮人参に勝るものはありますまい。ただこれは、高価なものですからな」

命には代えられないと考えた。小判一枚出しても、これっぱかりかと思える量だった。それでも、惜しいとは思わなかった。二両分を求めた。

この金は、大黒屋の仕入れのために角次郎が預かってきた金の内である。しかし昨年の仕入れでは、治右衛門の尽力がなければ目的を果たすことはできなかった。善兵衛も納得する支出だろう。

馬を駆って、袴田屋敷へ戻った。

玄関先に中年の見舞客がいて、若侍はその相手をしていた。引き上げて行くところだった。

挨拶《あいさつ》を済ませたところで、角次郎はすぐに声をかけた。

「朝鮮人参です。これを治右衛門様に」

少しでも早く服用させたい気持ちがあった。だから多少声が高くなっていたかもしれない。

「ありがとうございます」

若侍は恭しく受け取ると、奥へ引っ込んで行った。角次郎は少しほっとした。そして仕入れが放ったままになっていたことを思い出した。

「あの、あなた様は」

そこで声をかけてきた者がいた。見るとすれ違いに帰ったはずの、中年の見舞客だった。

「私は江戸からやって来た、治右衛門様のお世話になった者です。事情を知らずにお訪ねしたのですが、具合がお悪いと聞いて慌てました」

角次郎は、気持ちのままを話した。

「さようでしたか。それでわざわざ、朝鮮人参を求めておいでになったわけですな」

「ええ。少しでも良くなっていただければ、嬉《うれ》しいですから」

「江戸からお見えになったと言われたが、用件はお話しできたのですかな」

「いえ、できませんでした。それどころではありませんのでね」

「よろしかったら、お話しになってみませんか。私がお役に立てるかどうかは分かりませんが」

その男は言った。こちらを見る眼差《まなざ》しには、好意が感じられた。

「はあ」

それで角次郎は、訪問の意図を伝えた。相手は最後まで、真顔で聞いてくれた。

「あなたは、角次郎さんという方ですね」

いきなりこう言われて仰天した。相手の顔を見直したが、知らない顔だった。

「いや、今しがた治右衛門様から話をうかがいました。江戸から思いがけぬ見舞いが来て、嬉しかったとおっしゃってね……。おや、ご無礼をいたしました」

まだ名を名乗っていなかったことに気付いたらしい。そのまま続けた。

「私はこのあたりの村の名主を務めまする、弥七郎《やしちろう》と申す者でございます。治右衛門様には、いつもお世話になっておりましてね」

このあたりの田の水は、江戸川から引いている。稲作における水の利用は、百姓たちの死活問題となった。折々各所で悶着《もんちゃく》が起こる。この水争いの仲裁をするのが、治右衛門だった。

近隣の村々に顔が利く人物である。

だから角次郎も、この老人の力を借りたいと思ったのであった。

「分かりました。どこまでお役に立てるかは存じませんが、村の者を集めてみましょう」

弥七郎と名乗った村名主が言ってくれた。

さっそくやや離れた場所にある屋敷へ同道した。思いがけない展開だった。

半刻《はんとき》（約一時間）ほどの間に、百姓代一人と小前の百姓六人が顔をそろえた。三十代から五十代までの者である。

その中には、昨年米を仕入れさせてもらった一人が交っていた。

「あの折は、お世話になりました」

角次郎は改めて礼の言葉を口にした。

弥七郎を含めた八人の前で、角次郎は再び来意について話をした。治右衛門絡みのことだから、すべての者たちは最後まで話を聞いた。

「うーん。難しい話ですな」

聞き終わって、まず声を上げたのは百姓代の四十半ばの歳の者だった。他の者は、黙ったままだ。

本来ならば、これで終わりである。だが不思議なことに、席を立とうとする者はいなかった。居合わせた者たちは、顔を見合わせている。

そこで一番年嵩《としかさ》の百姓が言った。

「角次郎さんには、座をはずしていただきましょう。私らで、打ち合わせをさせていただきますので」

他の者たちも頷《うなず》いた。角次郎は部屋から外へ出た。

断るのならば、このような手間のかかることはしない。期待をこめて待った。ここで駄目ならば、他へ行けばもっと厳しいはずだった。

たとえ少しでも、ありがたく商いをさせてもらうつもりでいた。

四半刻（約三十分）は待たされなかった。元の部屋へ角次郎は呼ばれた。

「話が、まとまりました」

と、百姓代の者が口を開いた。その横には、名主の弥七郎も腰を下ろしている。

緊張の中で、角次郎は次の言葉を待った。

「一軒一軒の者ではなく、村ごとで大黒屋さんへ、いや角次郎さんへ米をお分けいたしましょう。あなたは、村へ来てすぐに治右衛門様のお見舞いをなすった。仕入れのためにここまで来ながら、それについては一言も触れずに朝鮮人参を求めてこられた。

そしてそのまま立ち去ろうともしていた。それは治右衛門様の容態を気遣ってのことに他ならない」

「…………」

「治右衛門様はこの村の殿様だが、それだけではない。我らの支えになってくださっている。その方を大事にしていただいて、そのまま帰してしまうわけにはいきません。百俵のご用立てをいたしましょう。もちろん、前金は申し受けます」

数字を聞いて、心の臓がどきりとした。一気に熱くなっている。村の人たちの治右衛門への思いと、自分への好意を感じた。

「ありがとうございます」

角次郎は両手をつき、額を畳にこすりつけた。

「この百俵は、関東米穀三組問屋や地廻《じまわ》り米穀問屋の方々の分を割り引いて、あなたへお回しするものです。それをお忘れにならないでください」

「はい。これからのお付き合いの中で、お役に立たせていただきます」

これは角次郎の決意である。こちらの都合だけでなく、相手の都合も含めて商いをしてゆく。それが長い付き合いになると考えた。

「いやあ、何より何より」

弥七郎が声を上げると、他の者も初めて笑顔を見せた。

治右衛門絡みの百俵はありがたかった。一回こっきりのものではなく、これからも付き合っていこうという性質のものだからだ。

その日の午後と次の二日、角次郎は周辺の村々を廻った。治右衛門の知行地ではない土地である。

やはり門前払いが多かった。ただ今日受け取れる金が欲しいという者も、まれにはあった。どこの家とも、文書で約定を交わした。違約の場合には利息を取る。二日半で、五十俵ほどだった。

しめて二百七十俵となる。ただこれで、野田周辺の村々は歩き尽くしてしまった。

「いよいよ明日は、関宿へ向かうか」

角次郎は呟《つぶや》いた。

八

江戸から関宿へ行く荷船の多くは、松戸《まつど》や野田の河岸にも立ち寄る。ここで荷の一部を下ろしたり、新たな荷を積み込んだりするからだ。

野田では、野州やその先へ運ぶ醬油樽《しょうゆだる》を積み込む。角次郎は、その荷船の一つに乗り込んだ。駄賃を払って、荷と一緒に運んでもらうのだ。

ここでは見送る者もいない。お万季や善兵衛夫婦のことを思い出した。仕入れ具合については、飛脚便を使って文を送った。

川風は相変わらず冷たい。それでも岸辺の猫柳が、艶《つや》のある銀白色の花穂をつけていた。行く手のはるか彼方《かなた》に目を凝らすと、赤城山《あかぎやま》や噴煙を放つ浅間山《あさまやま》の姿が見えた。

大小の荷船が行き来する。生魚を急送する猪牙舟《ちょきぶね》、筏《いかだ》の類《たぐい》もあった。厳《いか》めしい造りの船は、川筋にある藩の御手船だ。白い航跡を残して進む。彼方に関宿の家並みが見えてきた。

東河岸の先には、関宿城の雄姿が聳《そび》えている。

川の西河岸にも東河岸にも納屋が並び、船着き場には何艘《そう》もの帆船や平田船が横付けされている。近寄ってゆくと、荷運びをする人足たちの掛け声が、空を渡って響いてきた。

西河岸には木の柵《さく》で囲まれた、水関所がある。番所の屋根瓦《やねがわら》が、日差しを跳ね返していた。ここでは人の出入りだけでなく、通過する船荷の検査も行った。

城のある東側の河岸を土地の人々は内河岸と呼び、水関所のある西側を向こう河岸と呼んだ。どちらの河岸にも荷船の手配をする船問屋が櫛比《しっぴ》している。活気に満ちた湊町《みなとまち》だった。

水関所の先では権現堂川《ごんげんどうがわ》が流れ込んでいる。さらにその先で、江戸川は利根川と合流した。利根川や権現堂川の荷船が、関宿をへて江戸へ向かう。

河岸に降り立って、角次郎が真っ先に目を向けたのは、内河岸にひと際大きな店を張っている野村屋の店舗だった。商う品など何も置いていないのに、人の出入りは多かった。大型の荷船を何艘も持っている。

関宿では、利根川の対岸にある境河岸《さかいがし》の木村《きむら》屋と共に、飛びぬけて大きい船問屋の一つだった。主人の清五郎《せいごろう》は佐柄木屋利七左衛門とは従弟《いとこ》の間柄になる。

角次郎は店の中を覗《のぞ》いてみた。

奥に、五十絡みの身なりのいい男がいた。手代二人に何か指図をしている。主人の清五郎だった。

「相変わらず偉そうにしているな」

とは思ったが、それだけのことだった。そのまま関宿城へ足を向けた。

行った先は藩の勘定奉行所である。年貢の納米に関わる監督が任務の元締役補佐朽木弁之助を訪ねた。

蔵奉行による、藩の横流し米の探索で力を合わせた。四百俵の仕入れに力を貸してくれた人物でもある。

「よくお訪ねくだされた」

朽木は快く角次郎を迎え入れた。火鉢を勧め、熱い茶でもてなしてくれた。三十二歳、精悍《せいかん》な面差しをした男だ。

「気骨ある新たな方が蔵奉行の職に就かれたと、田所様より伺いました。年貢米の不正も、なくなってゆくのではございませんか」

まず角次郎は問いかけた。大量の横流し米の発覚で、先の蔵奉行栗橋織部正は命を絶った。手先になった郷方《ごうかた》や検見《けみ》を受け持った藩士も、捕えられたと耳にしていた。

「いや、まだ首魁《しゅかい》が残っています。気を許すことはできません。仕入れの佐柄木屋も、輸送をおこなった野村屋も無傷のままですからな。あやつらは次に、何をしでかすか知れたものではござらぬ」

首魁というのは、藩の江戸家老監物兵庫之助をさす。手先になって動いたのは、先の蔵奉行だけではないということを言いたいらしかった。

「お奉行様も、これからが正念場だとおっしゃっておるくらいでな」

このお奉行というのは、勘定奉行喜多山圖書をさす。

朽木の上司にあたる人物で、藩米横流しにまつわる探索の中心人物である。城代家老より、直々の命を受けていた。

「江戸の、佐柄木屋の動きはいかがでござるかな」

「はい。栗橋が送った横流し米が押さえられた後でも、通常どおりに顧客のもとへ米を卸していました。店の活気も衰えておりません」

「うむ。そうらしいな」

朽木は腕組みをした。この話は、江戸藩邸の田所からも聞いているらしかった。そこで角次郎は、思い出したことがあって言い足した。

「そういえば、年の瀬に佐柄木屋がどこの米を売ったのか調べてみました」

一膳飯屋《いちぜんめしや》へ行って見せてもらったのである。関宿藩の米ではなかったので、田所には伝えなかった。

「どこの産でしたかな」

「日光街道小山《おやま》宿に近い都賀米でした」

「ほう」

朽木の眼差《まなざ》しが厳しくなった。何か思い当たることがあるらしかった。朽木はそのまま続けた。

「都賀には、関宿藩の飛び地十九ヶ村がござる」

「何と」

角次郎の方が驚いた。大名家の領地は、城や陣屋のある土地ばかりではない。飛び地が遠方にあるのは、珍しいことではなかった。ただ都賀にあるとは知らなかった。

「ではあの米は、藩の横流し米だったのかもしれませんね」

「さよう。それがしもそう思いました」

朽木が応じた。角次郎らが押さえた米とは異なった経路で、佐柄木屋は横流し米を仕入れていたことになる。

「都賀の領地の近くには、思川が流れておりまする。そこの乙女《おとめ》河岸から米を運び出して当地へ運ぶのが通常の輸送ですな。しかしこれを荷《にな》うのは野村屋の荷船でござった」

思川は渡良瀬川と合流し、利根川へ流れ出る。乙女河岸は、思川での水運の要衝として、角次郎もその名だけは聞いたことがあった。

「都賀米については、横流しの探索の中で触れられなかったのでしょうか」

非難をするつもりはなかったが、ともあれ尋ねてみた。

「大いに怪しんではいた。しかしな、その証拠は得られなかった。乙女河岸は当家の支配地ではないので、充分な調べができないのもあるが、それだけではない。そこの代官というのが、監物の息のかかった者であった」

けれども先の栗橋による横流しには、都賀米は一切関わりがなかった。形ばかりの調べで、代官はそのままになっていた。

「宇佐《うさ》孫四郎《まごしろう》という者でな。なかなかの曲者《くせもの》だ」

朽木は、ふうとため息を吐いた。栗橋織部正を取り除いても、監物の手先がまだ残っているのが実態だった。これからが正念場だと喜多山圖書は口にしたというが、その意味を改めて知らされた気がした。

「いずれにしても、よい話を伺った。都賀の飛び地を洗い直してみましょう」

と朽木は言った。そして言い足した。

「貴公には、また別の力添えをお願いするやもしれぬ」

「分かりました」

そのことに異存はなかった。関宿藩の横流し米については、乗り掛かった船だという気持ちがある。また嫌がらせを繰り返す佐柄木屋に対しても怒りがあった。

町へ出た角次郎は、東へ向かって歩き利根川河岸に立った。対岸には境河岸がある。江戸川の内河岸に劣らない、いやそれ以上と言っても差し支えない賑《にぎ》やかな町が広がっていた。

渡し船に乗って東へ渡った。川幅は、江戸川よりも広い。

利根川水運は、遠く倉賀野《くらがの》やその先からも荷を運んで来る。また渡良瀬川や思川からの荷船も一緒になるので、大小数百の船がこの地へやってくる。それらの船は、必ずしも江戸川をへて江戸へ荷を運ぶとは限らなかった。

利根川は銚子をへて大海に流れ出るが、途中では鬼怒川と合流する。鬼怒川は東北諸藩へ物資を運ぶ重要な水運の柱であり、ここへ航行する荷船は、境河岸でいったん停まった。荷を入れ替えたり、船頭や水手《かこ》が休憩を取ったりする。逆の航行をする荷船も同様だ。

また対岸の関宿と共に日光東往還道の宿場でもあるから、陸路の旅人や近在近郷の者たちも集まってくる。船問屋だけでなく多くの商家も軒を並べ、飲食をさせる店や娼家《しょうか》が連なる地域もあった。

角次郎が敷居を跨《また》いだのは、河岸でも飛びぬけて大店《おおだな》の船問屋木村屋である。ここの若おかみお泰《やす》は、娘の頃に江戸の関宿藩邸で見習い奉公をしていた。その折書家の長谷川洞泉のもとで稽古《けいこ》をし、お万季と昵懇《じっこん》の仲になった。

　声の出ないお万季ではあったが、妹のように親しくしてくれた。角次郎が横流しの一味と間違えられ投獄をされたときに力になってくれた。

「またこちらにおいでのせつは、ぜひお立ち寄りください」

　と言われていた。

　ここを訪ねることは初めから分かっていたので、お泰への土産として、お万季から船橋屋《ふなばしや》織江《おりえ》の練羊羹《ねりようかん》を持たされて来ていた。大黒屋ではめったに口にしない高級品だが、お泰はこれが大好物だそうな。

「まあ、わざわざ江戸からお持ちくだすったんですね」

　土産の品を差し出すと、お泰は目を細めた。亭主の亀之助《かめのすけ》とも挨拶《あいさつ》をした。お泰は木村屋の主人勘兵衛《かんべえ》の一人娘で、元船頭の亀之助は入り婿である。

　同じ境遇だと思うと、亀之助に対しては親しみを感じた。

「今度も、仕入れにお出《い》でになったのですか」

　と問われた。まだ田植えもされないうちなので、なぜ今頃なのかという不審が亀之助にもお泰の顔にも出ていた。

「実は、わけがありましてね」

角次郎は、来意を伝えた。

船問屋は依頼をされた荷を運ぶのが家業だから、米をどうこうするという権限はない。ただ米俵を運ぶにあたって、米問屋や村名主らとの繫《つな》がりはあるはずだった。

米問屋と取引をするつもりはないが、村名主のいくたりかを紹介してもらえるならば、ありがたいと考えていた。何の伝手《つて》もなく訪ねれば、多くの場合門前払いになることは野田の村々で身に滲《し》みて知らされた。

「まあどこも、関東米穀三組問屋や地廻《じまわ》り米穀問屋が入っていますから、厳しいかもしれません。またうちも、そうした問屋の皆さんの荷を運んでいますのでね、大っぴらに口利きをするというのは難しいです」

渋い顔をした。亀之助にしてみれば、角次郎は顧客の仕入れ先を奪い取ろうとする者である。そうそういい顔はできないと、察することができた。

お泰にしても、顔に困惑の色を浮かべていた。

力になりたいが、どうにもならないといった顔付きだった。

「いや、ご無礼をいたしました」

角次郎はそう言った。こうなるとは予想がついていた。しかし近隣の村には、すぐにも前金が欲しい小前が必ずいると踏んでいる。辛抱強く捜すしかないと覚悟を決めた。

だがこのとき、亀之助が「ああ」と声を漏らした。何かを思いついたらしい。

「与五平《よごへい》さんはどうだろうか」

「なるほどそうだね」

お泰が頷《うなず》いた。

与五平というのは、日光東往還道の次の宿場谷貝《やがい》に近い村の名主だという。木村屋の先々代の三男坊が、婿に入った。与五平はその孫で、木村屋とは今も繋がりがあるとか。

「駄目だと言われたならばそれまでですが、話ぐらいは聞いてくれるかもしれません」

お泰が紹介の文を書いてくれた。

九

書状を持って、角次郎はその足で日光東往還道を谷貝宿へ向かった。境河岸の町を抜けると、すぐに田の道となる。茅葺《かやぶき》の農家が点在していた。

このあたりの村々は、関宿藩の領地となる。谷貝宿は、百軒ほどの家々が並んでいて、三百人ほどが住んでいると聞いた。本陣はあるが脇本陣はない。宿場としては、小規模なものだ。

与五平が住む村は、この宿場を越してから一里ほど東へ歩いたあたりにあった。村としては大きい方らしく、村名主の屋敷も屋根の高い立派な造りである。

長屋門を潜ると、飼っている鶏の鳴き声が聞こえてきた。

与五平は三十後半といった歳で、なかなかの長身で肩幅もあった。引き締まった体付きで、身ごなしに隙がなかった。一瞬侍かと思ったほどだ。

「お泰さんからの文をお持ちだとか。まあ、お上がりなさい」

囲炉裏のある部屋へ通された。挨拶を済ませると、さっそく文を差し出した。そこには来意が具体的に綴《つづ》られている。

関心が湧いたという気配もないままに読み終えた。書状を丸めると、そのまま囲炉裏にくべた。赤い炎が立ち昇った。

「まあ、無理ですな。前金欲しさの者が、二、三十俵を出すかもしれませんが」

と、返事はあっけなかった。考えもしなかった。ただ言葉は続けた。

「書状によると、あなたは武家の出だそうですな。なぜ商家の婿になどなられたのですかな」

　そこに関心を持ったらしかった。

「大黒屋という舂米屋《つきごめ》を、江戸でも指折りの米屋にしたいからですよ」

　少しやけくその気持ちになって言った。どうせ仕入れられないのだから、下手に出るつもりはなかった。

「なるほど、それはたいした心意気ですな」

　顔に笑みを浮かべた。おもしろがっている様子だった。どこかにからかう気配も混じっている。

　少しむっとなった。代々の村名主に、何が分かるかという気持ちだった。

　与五平は、角次郎の心中には無関心な様子で問いかけてきた。

「では、やっとうもそれなりになすったのでは」

　剣術の腕前を聞いている。

「直心影流をいささか」

　口ではそう言ったが、胸を張った。相手の視線は外さない。

「それは素晴らしい。私は鹿島神流《かしましんりゅう》をいささか齧《かじ》りました」

「ほう」

初めて会ったとき、物腰を見て一瞬侍かと思った。そのわけが分かった。

「一手、ご指南いただけませんか」

与五平の目に、挑む気配を感じた。体つきからして、長く稽古に励んでいるのだろうとは推量できた。だがいずれにしても、素人剣法だと考えた。

まともに相手をするつもりはなかった。

「いやいや、たいしたものではありません。そちら様の方が、おそらく勝《まさ》っておいででしょう」

商いができないならば、長居をするつもりはなかった。さっさと切り上げるつもりで、そう応じた。しかし与五平は、その言い方にむっとしたらしかった。

軽くいなされたと感じたのかもしれない。

腰を上げようとする角次郎に、意外なことを口にした。

「三本の稽古試合をして、すべてあなたがお取りになったら、百俵の取引をいたしましょう」

どうだ、という顔だった。

「ううむ」

よほどのやっとう好きらしい。腕にも自信があるのだろう。こちらにしてみれば、願ってもない話だ。だがからかわれている気もした。

けれども与五平のこちらを見詰める目は真剣だった。

「竹刀での試合ならば、お受けいたします」

相手は素人だ、怪我をさせるわけにはいかない。

「結構です。すぐにも始めましょう」

与五平は立ち上がった。どこかから竹刀を二本、持ってきた。

共に素足になって庭へ出た。羽織を脱ぎ、尻《しり》はしょりをした姿である。

「では」

一礼をした後、向かい合った与五平は声を上げた。審判などいない。これが試合開始の合図だった。

相正眼に構えた。与五平の体が、地に根を張ったように動かなくなった。竹刀の切っ先もこちらの左目に向けられて、ぴくりともしない。

心の動きが、まったくうかがえなくなっていた。

だがそれは、怒濤《どとう》の嵐の前触れのように角次郎には感じられた。

「なるほど」

村名主の余技、というくらいにしか受け取っていなかった。それが的外れだったことを、ここで悟った。

角次郎はじりと前に出て、切っ先を小さく揺すった。相手を煽《あお》ったのである。

だが与五平は動かない。感情のこもらない目が、こちらに向けられているだけだった。角次郎は、すみやかな決着をあきらめた。

じっくり戦うつもりになって切っ先の動きを止めたとき、与五平の目に荒々しいものが表れた。

「やあっ」

竹刀と体が飛び出してきた。角次郎も前に出たが、ごく微《かす》か動きが遅れたのは確かだった。

こちらが竹刀を撥《は》ね上げる形で一撃をかわした。だが回り込んだ竹刀は、すぐに小手を襲ってきた。

がりがりと竹刀を絡めながら、角次郎はこれをかわす。

どちらも勢いづいていたので、肩と肩がぶつかった。二つの体が交差しかけたとき、相手の竹刀が再びこちらの小手を突いてきた。動きに、無駄がない。

だがこれは、織り込み済みだった。切っ先で払った。その間に、体をずらしている。

それでも与五平は前に出てきた。間を置かず、竹刀を突き出した。

勝負を急いだのかもしれない。体の均衡が崩れていた。

「とうっ」

飛び出た竹刀をかわすと、角次郎は相手の右肩先を打った。与五平の顔が歪《ゆが》んだ。かなりの痛みがあったはずである。竹刀でなければ、骨が裁ち割られていたはずだった。

ただ与五平は、竹刀を取り落としはしなかった。

顔を赤らめて、向かい合った。

「二本目だっ」

と叫んでいる。

次は、初めから上段に構えた。肩の痛みはまだ消えていないはずだが、体に揺らぎはなかった。

角次郎は再び正眼の構え。どう攻め込むかと考えたときには、相手が前に出てきた。こちらの脳天を打ちこもうという企《たくら》みだ。

「たあっ」

裂帛《れっぱく》の気合いが、耳を襲ってきた。力のこもった打ち込みである。だがこれは、同格か格下の相手でなければ威嚇にならない。角次郎にしてみれば、驚くほどのものではなかった。

身を逸《そ》らしながら前に出て、与五平の右小手を打った。

ばしっと高い音が響いた。同時に手にあった竹刀が地べたに飛んでいる。

勢いのある大きな動きをしていたから、こちらの攻めに素早い対応ができなかった。

これは明らかに腕の差だった。

「まだまだ」

竹刀を拾い上げた与五平は、三度目の正直とばかりに勢い込んで竹刀を向けてきた。

今度は正眼の構えである。しかし一本目のような落ち着きはなくなっていた。

「やっ」

角次郎の方から打ち込んだ。面を打つ形だが、狙いはそこにはない。防御に入った竹刀には触れもしないで、前に出てきた右手の肘《ひじ》を打ち込んだ。

今度も与五平の竹刀が飛んでいる。

ぺたんと尻餅《しりもち》をついた。さすがにもう一本とは言わなかった。

「いや、恐れ入りました」

与五平はこちらを見上げて言った。試合前のときのような、からかう気配はなくなっていた。

「いや、あなたも見事な腕前でした。並の侍では、太刀打ちできないに違いありません」

世辞ではなく、本音として言った。

「分かりました、角次郎さん。お約束は果たしましょう」

足を洗って建物に入ると、今度は奥の座敷に通された。与五平は家の者を呼ぶと、文机《ふづくえ》と墨、そして紙を運ばせた。

一人一人の百姓ではなく、村として百俵の取引をするという証文を書いたのであった。前金は受け取らなかった。

「あれだけの剣の腕前を持ちながら、角次郎さんは武家を捨て、商人の道を歩む決意をなすった。それは生半可なものではありますまい。お泰さんがあの文を書いたわけも得心がいきました」

与五平は、書状を差し出しながら言った。

「かたじけない」

と、つい武家言葉が出てしまった。与五平とは、これから毎年会うことになる。その挨拶《あいさつ》をして、屋敷を出た。

角次郎はその夜、谷貝宿の旅籠《はたご》に泊まった。翌日は、近隣のいくつかの村を廻《まわ》った。

相変わらずの門前払いが続いたが、ここでも前金をありがたがる何名かの者がいた。四十俵の約定を得たところで、関宿へ戻った。

野田での商いと合わせると、四百十俵になった。

さらに四日かけて、境河岸の周辺の村々を廻った。そのうちの二日は、氷雨が降った。足袋など履いていても、すぐに濡れた。冷気が足元から這い上がってきた。

一戸一戸からの仕入れとなるが、それでも合わせて六十俵の約定を得ることができた。さらにお泰が、密《ひそ》かに親しい者に当たってくれて、三十俵の話を決めてくれた。

江戸を出て半月あまりで、目当ての五百俵に達したのである。

「これで江戸へ戻れるな」

角次郎はほっとして、息を吐いた。関宿城下の町を歩いていて、下駄《げた》屋が目についた。店先に『入荷　米沢《よねざわ》の桐下駄』という貼り紙が目に入った。

雪国の桐は固い。特に米沢の品は目のきっちりとつんだ良材だと耳にしたことがあった。お万季に土産として買って帰ろうかと思いついたのである。

「いらっしゃいませ」

敷居を跨《また》いで店内に入ると、中年の番頭が声をかけてきた。

「良いものが集まる関宿だから、手に入る品ですよ。しかも江戸で買うよりも、三割がたはお安くなっていますからね」

それでもかなり値が張った。どうしようかと迷ったが、江戸を出てから旅籠《はたご》の費用も節約していた。五百俵という目当ての数字に達することができた興奮もあって、角次郎は腹を決めた。花柄の鼻緒をつけてもらって、買い求めた。

十

関宿の向こう河岸から、角次郎は人を運ぶ六斎船《ろくさいせん》に夕方になって乗り込んだ。乗船料百二十五文で、川の流れようにもよるが、翌日の昼近くには両国橋東詰めの下にある船着き場に着いた。

混んでいれば多少窮屈だが、一歩も歩かずに江戸へ着くわけだから、多くの者がこの船を利用した。江戸へ帰れると思うと、やはり気持ちが弾んだ。

お万季だけでなく、善兵衛やおトクの顔を久々に見られるのも嬉《うれ》しいが、今後の商いのことも考えた。仕入れ量が増えるわけだから、どう売ってゆくか、それも考えなくてはならない。

米さえあれば商いが成り立つというのは、作柄が悪く品不足になっているからに他ならない。豊作の年には、だぶついた米は売りたくても売れないことになるだろう。

船底に響く水音を聞きながら、角次郎は眠りに落ちた。

そして目が覚めると、東の空が薄明るくなっていた。江戸川から新川へ入り、さらに小名木川へ出た。昼になる少し前に、六斎船は本所へ着いた。

半月にも満たない旅だが、東両国の広場は懐かしく感じた。

「おお、大黒屋の若旦那《わかだんな》じゃあねえか。長の旅から、今お帰りかい」

歩き始めたところで、いきなり背後から声をかけられた。からかいを含んだ物言いで、誰なのかは顔を見なくても分かった。

振り向くと、岡っ引きの寅造が口元に嗤《わら》いを浮かべて立っていた。

「これはご苦労様で」

この男と話すことなど、何もない。ただ知らん顔をするわけにはいかないので、一応そう言った。

「あれは六斎船だな。関宿まで何しに行ってきた。仕入れかい」

寅造は、降りてきた船を見ていたようだ。

「ええ、まあ」

と曖昧《あいまい》に答えた。

「まだ田植えもしねえ時季にかい。そりゃあご奇特なことじゃあねえか。いや、ひょっとしたら横流し米の打ち合わせじゃねえのかい」

探るような目をした。

ふん、米の横流しは、お前がつるんでいる佐柄木屋がしていることではないか。と喉元《のどもと》まで言葉が出かかった。相変わらずふざけたやつだとは思うが、言い返せばかえって面倒なことになる。

「それじゃあご免をいたします」

あえて丁寧に頭を下げると、角次郎は歩き始めた。江戸へ戻った早々、嫌なやつに会ったと思った。それでも大黒屋の看板が目に入ると、気分が和らいだ。

「若旦那がお帰りですよ」

店先にいた直吉が、店の奥に声をかけた。すると善兵衛とおトクが飛び出してきた。やや遅れて、お万季が足を濯《すす》ぐ桶《おけ》と手拭《てぬぐ》いを持ってきた。

「おっ」

桶に足を突っ込むと、入れられているのが湯なのに気が付いた。お万季のもてなしに他ならない。足を洗ってくれた。

「これでやっと、帰ってきた気がするな」

角次郎は呟《つぶや》いた。

まずは仕入れの中身について、善兵衛に報告した。取り交わした証文も、一枚一枚見せた。これらの詳細は、新たに拵《こしら》えた商い帖《ちょう》にも記してある。最後に預かっていた残金を返した。

「五百俵もの仕入れを半月足らずで決めるなんて、さすがに角次郎さんだ」

善兵衛は褒めてくれた。角次郎にしてみれば、ずいぶん手間取ったとの思いがある。村々を巡り歩いた一日は長かった。

伝えるべきことを伝え終えると、角次郎は二階へ上がった。お万季が、着替えを手伝ってくれた。

「実はな、土産があるぞ」

着替えが済んだところで、角次郎は言った。荷《にな》ってきた包みの奥に、花柄のついた例の桐下駄が入っている。それを差し出した。

お万季はさぞや喜ぶだろう。帰りの船の中で、何度も手渡すときのことを想像した。

「…………」

もちろんお万季は、声を出さない。しかし驚いたのは確かだった。目を大きく見開いている。けれどもそれは、予想していた喜びの顔とはだいぶ異なっていた。

お万季は、文机にある半紙に文字を書いた。文字で伝えることが多いから、紙と筆はいつも用意をしていた。

『わたしには　もったいない　こんなに贅沢《ぜいたく》なものを』

と記されていた。

「何を言うか。お万季に履かせたくて、関宿で求めて江戸まで持ち帰ったのだぞ」

紙の文字が非難がましいものに感じて、角次郎はむっとした口調で言った。自分の気持ちが分かっていないと腹が立ったのである。

お万季は、悲しげな眼差《まなざ》しでこちらを見ている。何か言おうとしたが、言葉にはならなかった。

角次郎はお万季を置いたまま、階下の店に出た。店に出れば、いろいろと用事がある。

結局その日は、目を合わせることもないまま寝床に入った。せっかく江戸へ戻りながら、味気ない半日だった。

翌朝、角次郎は少し寝坊した。久しぶりに家に帰って、気が緩んだのだと思った。しかしすでに畳まれているお万季の寝床を見て、昨日の下駄にまつわるわだかまりを思い出した。

お万季にどう声掛けしたものかと迷ったが、それに悩んでいる暇はなかった。仕入れた米をどう売ってゆくか、そちらの方に気持ちを向けてゆかなくてはならない。

井戸端で洗面をしていると、背後に人が立つ気配があった。鬢《びん》付け油のにおいで、それがお万季だとすぐに分かった。そういえば江戸にいたときは、いつも洗面のときに手拭いを差し出してくれていた。気まずい心持ちでいたが、それを忘れてはいないのだなと、少し気分が軽くなった。

顔を拭《ふ》いている間に、お万季の姿はなくなっていた。

朝飯を済ませ、角次郎は新規の客を得るために目星をつけて町廻りをすることにした。伝手《つて》がないからといって、ただ指をくわえているわけにはいかない。売り手市場の今こそ、大量仕入れに見合う新たな客を摑《つか》まえなくてはと考えていた。

「さて、どのあたりへ行きましょうか」

角次郎と善兵衛が打ち合わせをしていると、お万季が合切袋を手に持って、店先に現れた。それで今日は、長谷川洞泉のもとへ書の稽古《けいこ》へ行く日だと気が付いた。

「気をつけて行っておいで」

善兵衛が声をかけた。お万季は居合わせた二人に頭を下げて、通りへ出て行った。

「おや」

その後ろ姿を目にして、角次郎は声を上げた。お万季は、関宿から土産に買ってきた桐下駄を履いていたからである。

「あいつは、とても嬉しかったようですよ」

善兵衛がそう言った。

「そうですか」

もったいないと紙に書いたお万季だが、実はそれは本心ではなかった。嬉しかったが、照れがあってあのように紙に書いたのだと気が付いた。

軽い足取りで行くお万季の後ろ姿を見ていて、自分の機嫌が直ってゆくのを角次郎は感じた。

そのとき、通りで水撒《みずま》きをしていた直吉が、萎《しお》れた顔つきで店に入ってきた。柄杓《ひしゃく》をだらんと手に下げて、外で何かがあったらしかった。

「どうしたんだ」

角次郎が声をかけた。

「水を、前を通った人にかけちまったんです。すぐに謝ったんですけど」

直吉はそう言って、うなだれた。

「許してくれなかったのか」

「そうじゃないんです。大黒屋は取るに足らない店だから、これくらいのことはあるだろうって。怒りもしないで、そのまま行ってしまいました」

「ほう。そりゃあまたずいぶん、軽く見られたものだな」

水をかけてしまった不注意の責は、直吉にある。しかしずいぶんな言い方だとは思った。

「相手は、どんなお人だったのかね」

と、角次郎は尋ねた。そこまで言われたのならば、意地でもお詫《わ》びに行かなくてはならない。

「それが……。万年町《まんねんちょう》の垂水《たるみ》屋の旦那《だんな》さんでした」

「なんと」

驚きの声を上げたのは、善兵衛だった。

角次郎にしてみれば、初めて耳にする名だ。いったい何者なのかと思った。万年町といえば、仙台堀の南河岸にある町だ。

「その人は清左衛門《せいざえもん》さんとおっしゃってね、関東米穀三組問屋の差配をなすっている方ですよ」

「ああ」

気が付いた。仙台堀南河岸には今川町に佐柄木屋の店がある。しかしさらに東へ行くと万年町があり、そこには佐柄木屋に勝るとも劣らない大きな米問屋があった。それが垂水屋である。直吉は配達で深川へも足を延ばすから、清左衛門を知っていたようだ。

佐柄木屋のような地廻《じまわ》り米穀問屋ではない。関八州だけでなく東北の米まで含めて、江戸に流れる商人米を中心になって扱う米問屋仲間の差配をしている者が商う店だった。

「とんでもない方に、水を引っかけてしまったな」

「へえ」

善兵衛に言われて、直吉は背を丸めて俯《うつむ》いた。

「ともあれ、このままにはできません。お詫びにうかがいましょう」

角次郎は言った。

大黒屋が大きくなったら、関東米穀三組問屋の中に入りたいと考えている。その差配の垂水屋清左衛門ならば、丁寧に詫びを入れて、この際知り合いになっておくのも悪くはないとの判断も浮かんでいた。禍《わざわい》を転じて福と為《な》すとの意気込みだ。

「ええ、そういたしましょう」

善兵衛は、鰹節《かつおぶし》三本を桐箱に入れて買い求めてきた。それを手土産に、角次郎と共に万年町へ出かけたのである。

佐柄木屋の店の前を、通り過ごした。いつものように活気のある店の様子だったが、今日はほとんど気に留めなかった。垂水屋清左衛門なる人物がどのような者なのか、そちらの方に気持ちが行っていた。

店の前は、何度か通り過ぎたことがある。人足たちの出入りは佐柄木屋の方が多い。しかし垂水屋にも、老舗《しにせ》らしい落ち着いた商いをしている気配があった。出入りする奉公人の顔つきは、どれもきりりとしている。年若の小僧でも、通行人に水をかけてしまうようなぼんやりは、いないのだろうと思われた。

「ごめんくださいまし」

店に入って、善兵衛が声をかけた。

「はい」

何人かいるらしい番頭の一人が応じた。善兵衛は、店の奥にいる四十をやや過ぎた気配の絹物を身に着けた男に、うやうやしく頭を下げた。その男は、二人が敷居を跨《また》いだときから、こちらに目を向けていた。

「本所元町で商いをいたします、大黒屋善兵衛と婿の角次郎でございます。この度は店の者がたいへんご無礼をいたしまして」

そこまで言うと、男は近づいてきた。恰幅《かっぷく》のいい男だ。これが主人の清左衛門だった。善兵衛も顔を知っていた。

「わざわざ、詫びを言いに来たわけかね」

立ったままで、清左衛門は言った。見下ろしてくる眼差しは、どこか冷ややかだった。

「これはほんの、心ばかりのものでして」

善兵衛は、慇懃《いんぎん》な物腰で鰹節の箱を差し出した。

だが清左衛門は、それには一瞥《いちべつ》をくれただけだった。すぐに角次郎に目を向けた。

「婿殿は、武家の出だと聞いたが」

「ええ。大黒屋を、関東米穀三組問屋に加われるような店にしたいと心に決めて励んでいます」

どこかに、挑むような気持ちがあって口にしていた。水をかけたのは明らかにこちらが悪いが、それにしても傲岸《ごうがん》な態度だと感じていた。そして言っている途中で、清左衛門が自分が武家の出であることを知っているのに驚いた。わけを問おうとしたとき、相手は声を上げて笑った。

人を喰《く》った笑い方だった。

「そりゃあ気張っておやりなさい。百年も続ければ、加われないこともないではないかもしれない」

それだけ言い残すと、店の奥へ歩き去ってしまった。店の土間に、善兵衛と角次郎が取り残された。

十一

鰹節の箱を、店の者は受け取らなかった。きちんとした詫びができたわけでもなく、角次郎と善兵衛は不満な気持ちで垂水屋の店を出た。

「無礼な男ですね」

「まあ、うちのような小店は、相手にしないというわけでしょう」

善兵衛の方が、あきらめはいいらしかった。仕方がない、との気持ちもあったのかもしれない。卑屈な印象だ。

だが角次郎は、そういう受け取り方をしなかった。

「今に見ていろ」

かえって闘志が湧いた。

歩きながら善兵衛は、何度かため息を吐いた。だから角次郎は、あえてこれからの商いについて話をした。新たな客を作るという決意を述べたのである。

店に戻ったところで、すぐにでも出かけるつもりだった。

商い帖《ちょう》と、訪ね先に渡す手拭《てぬぐ》いを三十本ほど持った。今は豆絞りの手拭いだが、近いうちに屋号を染め抜いたものを用意しようと角次郎は考えている。

そこへ顔見知りの豆腐屋の親仁《おやじ》が、駆け込んできた。

「と、寅造が、殺されましたぜ」

唾《つば》を飛ばしながら言った。

「ま、まさか」

金棒でぶっ叩《たた》いても死なない、しぶとい男だと思っていた。だからかなり仰天した。

「ばっさりと、一刀のもとに斬られていたってえことでね」

「ほう」

喧嘩《けんか》の縺《もつ》れとか、やくざ者に恨まれてのものではなさそうだ。

「竪川の杭《くい》に死体が引っかかっているのを、今朝青物を運ぶ舟が見つけて届け出た。たった今、奉行所のお役人が検視を終えたところでね」

これから死体が、片付けられることになる。

寅造は佐柄木屋の手先となって、嫌がらせの手引きをしていた気配がある。そういう者が侍によって斬殺されたというのは、おおいに気になった。

竪川も三ツ目橋の先だというから、横川《よこかわ》に近いあたりとなる。ともあれ角次郎は行ってみた。

仮にも定町廻《じょうまちまわ》り同心から手札を受けた岡っ引きが殺されたのである。界隈《かいわい》の嫌われ者でもあった。かなりの野次馬が、集まっていた。

「寄るな、寄るな」

奉行所の小者が、怒声を上げていた。

なかなか近くへは寄れない。だが黒羽織の同心の中に、嶋津惣右介の姿があるのに気が付いた。奉行所からの検死人の中に、交っていたのである。

「おお」

声掛けをすると、縄を張った内側に入れてくれた。かけられていた藁筵《わらむしろ》を剥《は》いで、死体を見せてもらった。

右肩から袈裟《けさ》に、ばっさりとやられていた。見事な斬り口である。他に傷跡はない。かなりの腕達者に斬られたものと思われた。

殺されてから、川に落とされたのである。

「このように見事な傷跡を、前にも見たぞ」

角次郎は言った。かつて大黒屋に付け火をした者がいた。捕えられそうになったとき現れた頭巾《ずきん》の侍が、その男を一刀のもとに斬り捨てて姿を消した。そのときの斬り口と同じだと感じたのである。

そのときの侍が何者であるかは、いまだにはっきりしていない。けれどもそれは、佐柄木屋の用心棒塚越源之丞だと角次郎は考えていた。

「少し前に、そこの自身番でお条《くめ》から話を聞いた。昨夜から家に帰らず、案じていたそうな」

嶋津は言った。お条というのは、寅造の女房である。寅造よりも十歳も若く、回向院門前町で小料理屋若葉《わかば》を営んでいた。

死因について尋ねると、お役目の筋は分からない、変わったことはなかったと証言したという。

「やられたのは、おそらく昨夜遅く。殺しの場を見た者はいないか捜させているが、このあたりは夜になると人気がなくなるからな。現れないかもしれねえ」

嶋津は状況を説明した。

「塚越が手を下したのならば、佐柄木屋と寅造の間に何かあったことになるな」

「この探索には、おれも加わるぜ」

本来ならば、本所方同心の仕事となる。しかしその者は、他の事件を抱えていた。また嶋津は、佐柄木屋にまつわる一件には前から関わりを持っている。決着をつけたいという気持ちがあるらしかった。

「そうか、それは助かるぞ」

佐柄木屋が絡むならば、大黒屋にとっても無縁なものではなくなる。嶋津が関わってくれるのは都合が良かった。

「まずは寅造と塚越の、昨夜の動きを洗ってみよう」

死体に藁筵をかぶせると、嶋津はそう言った。

第二話　飛び地の酒

一

新しい客を求めて、深川六間堀《ふかがわろっけんぼり》界隈を歩いてきた角次郎《かくじろう》だが、思うような成果は挙げられなかった。米不足のことだから、今年だけというのならば買い手はいくらでもいる。しかし次年度以降も継続的な取引となると、二の足を踏む者が多かった。

「親父の代からの付き合いを、無碍《むげ》にはできませんのでね」

との声が返ってくる。

昨年は不作だったが、今年はどうなるか分からない。しばらくは様子を見たい、というのが本音だと思われた。

もちろん今すぐ米が欲しいという店も、ないわけではない。しかしそれは、おおむね商いが安定していないところだった。それでは、優良な顧客にはならない。

こちらも店の様子を見定めてから、訪《おとな》いを入れている。片っ端から声掛けをしているわけではなかった。

夕暮れどきになって、角次郎は店に戻った。するとまるで見計らっていたように、嶋津《しまづ》が大黒屋《だいこくや》へ顔を見せた。

寅造《とらぞう》殺しの聞き込みをしていたのである。手を下した者は、人気のない折を選んだのであろうな」

嶋津はまずそう言った。

「寅造の昨夜の足取りはどうだったのか」

「暮れ六つ（午後六時）の鐘が鳴るあたりまでは、顔を見かけた者はあった。しかしそれ以降に姿を見た者はいない」

「塚越《つかこし》の方は」

「佐柄木《さがらき》屋の手代の話では、利兵衛《りへえ》の供で関宿《せきやど》へ行っているのだとか。密《ひそ》かに、江戸《えど》へ戻っていたという手もありそうだがな」

ともあれ今の段階では、犯行はできないことになる。

「もし塚越が手を下していたのならば、殺さねばならぬわけがあって慎重に行ったと考えられるな」

「さて、何があったかだが」

そこらへんの予想は、まったくつかない。嶋津がそのまま続けた。

「今夜は、回向院《えこういん》門前の家で寅造の通夜がある。怪しい者が現れるかもしれぬので、これから行ってみるつもりだ。その方も、一緒に来てみぬか」

「よし。そうしよう」

おりから晩飯の支度が整った。お万季《まき》は嶋津の膳《ぜん》も用意をしている。手早く済ませると、二人は回向院門前町へ向かった。

小料理屋若葉《わかば》は、脇道をやや入ったあたりにある。同じような店が何軒か並んでいて、火灯《とも》し頃になると酒好きのお店者《たなもの》や職人が集まってきた。お条《くめ》が商う店は、それなりに繁盛をしていると聞いていた。

店には明かりが灯っている。けれども軒下に提灯《ちょうちん》や暖簾《のれん》は出ていなかった。格子戸は閉められたままで、中から読経《どきょう》の声が聞こえた。

しばらく離れたところから様子をうかがった。

寅造が惨殺されたことは、界隈の者は皆知っている。多くの者が焼香にやって来ると考えたが、予想が外れた。どこかひっそりとした通夜である。

提灯を手にした男が、若葉の前で立ち止まった。表通りの太物屋の番頭だった。寅造は一時、ここの旦那《だんな》の腰ぎんちゃくになってついて歩いていたことがある。かなりの袖《そで》の下を取って、店に都合のいい仕切りを行っていた。しかし亡くなってみると、番頭がやって来ただけだった。

そしてすぐに、立ち去って行った。

他の大店も、同じようなものだった。角次郎は、界隈の店の主人の顔はほとんど知っている。誰がやって来たかは、すぐに分かった。嫌っていた者たちはもちろんやって来ないが、深い関わり合いを持っていた店であっても、主人が顔を見せたところは一軒もなかった。

せいぜい跡取りか番頭が、顔を見せただけだった。

読経が済むと、ばったりと人の出入りがなくなった。僧侶《そうりょ》が引き上げて行った。

「世の中なんて、まあこんなものだろうな」

嶋津が呟《つぶや》いた。

夜の通りには、酔っ払いが行き過ぎる。しかし弔問のために、若葉の戸を開ける者はいなくなった。不審な者が現れる気配はなかった。

「線香だけでも上げよう」

角次郎が言うと、嶋津も頷《うなず》いた。

「これはどうも」

訪いを入れると、二十歳前後の鼠を思わせるような面立ちの若い衆が出てきて頭を下げた。寅造の手先で、三吉《さんきち》という者だった。裏長屋の住人にはいつも偉そうにしているが、嶋津には神妙な顔をしていた。他に町役人と縁者らしい者三人ほどが、遺骸《いがい》の前に座っている。

蝋燭《ろうそく》の赤い炎が、風もないのに揺れていた。

線香をあげた嶋津と角次郎は、店の飯台で向かい合いお条と話をした。

「佐柄木屋の者は、焼香に来たのかね」

「いえ」

嶋津の問いかけに、俯《うつむ》いたままのお条は応えた。衝撃は大きかったらしいが、取り乱している気配はなかった。寅造との間に、子どもはいない。

「薄情なやつらだな。関わりはあったんだろ」

と問うと、お条は小さく頭を下げた。半年ほど前に、利之助《りのすけ》が店へ訪ねてきた。寅造を「親分親分」と立て、機嫌よく飲んで帰っていった。もちろん酒肴《しゅこう》の代は利之助が払い、過分な祝儀も置いていった。

「どのような付き合いをしていたかは分かりませんが、佐柄木屋さんの御用をしていたのは確かだと思います」

はっきりとした物言いだ。初めて死体を目にしたときは、かなり取り乱したと聞いたが、今はその気配がない。悲しんではいるにしても、その気持ちを抑えようとしているらしかった。気丈な質《たち》に見える。

小料理屋商いをしている女だから、愛想は悪くない。ただ亭主の寅造同様、金には細かく吝《しわ》い女だとの噂を角次郎は聞いたことがあった。

「寅造は、長くこの町にいるのか」

嶋津は、寅造の生い立ちや日頃の暮らしぶりを聞こうとしている。顔と名は知っていても、それ以外は分からない。探索をするにあたっては、押さえておかなくてはならないだろう。角次郎にしても、寅造のこれまでを詳しく知っているわけではなかった。

「あの人は、日光《にっこう》街道にある小山《おやま》宿の鋳掛屋の次男だったんです」

とお条は話し出した。

暮らしにゆとりがある家ではなかったので、十一歳のときに江戸の経師職親方のもとへ奉公に出てきた。しかし兄貴分と合わなくて、三年辛抱したところで抜け出した。ちんぴらの下働きをして暮らし、十六、七の頃にはいっぱしの町の嫌われ者になっていた。

目端が利いたので、回向院門前を縄張りにする岡っ引きの親分に拾われて子分になった。八年前に親分が死んで、縄張りを引き継いだのだとか。

店の建物は寅造のものだが、土地は借地だ。この店を持つにあたって寅造は、かなり強引な資金集めをしたと、善兵衛《ぜんべえ》から聞いている。四年ほど前のことだ。嶋津は、この男からも話を聞いた。弔問客の中に、寅造が親しくしていた湯屋の番頭がいた。

「あいつは、確かに金には意地汚いところがありました。ですから嫌われていたのは知っています。でもね、ばっさり殺《や》られるとは思いもしませんでした。魂消《たまげ》ましたよ」

いつもはへらへらしている男だが、神妙な顔をして言った。同じ小山宿の出で、先代親分の手先だった頃からの付き合いだそうな。湯屋へ厄介者が現れたときには、寅造が追い返していた。

「殺されたわけに、思い当たることはないか」

「そうですねえ……。ああ、そういえば先月の半ば頃に、金蔓《かねづる》を摑《つか》んだというような話をしていました。そのときは聞き流しましたが、それに絡んで殺られたんでしょうか」

金蔓の詳細については、口にしなかった。ただ自信ありげに見えたと言い足した。角次郎は横で話を聞いている。そこで野田や関宿へ仕入れの旅に出る前に、直吉《なおきち》が話していた言葉を思い出した。深川六間堀町の小料理屋で寅吉と佐柄木屋利之助が、二人で親しげに酒を飲んでいたというものである。

　金蔓を摑んだと言った時期と、重なる気がした。

二

　翌日嶋津は、深川六間堀町へ足を向けた。六間堀は、大川《おおかわ》に沿って竪川《たてかわ》と小名木川《おなぎがわ》を繫ぐ掘割である。その川の東河岸に、千草《ちぐさ》という小料理屋があった。直吉が、利之助と寅造を見かけた店である、
　このあたりは深川でも閑静な土地だ。表通りとはいっても、大店老舗《しにせ》といった店があるわけではなかった。

　ただその中では、千草は小洒落《こじゃれ》た店だった。昼飯も食べさせるらしいが、まだその刻限にはだいぶ間があった。

　戸を開けた嶋津は、おかみを呼び出した。

「これはこれは旦那」

　おかみは、定町廻り《じょうまちまわ》同心の訪れに驚いたらしかった。しかし寅造の名を出すと、納

得した顔になった。竪川で斬殺されたのは、すでにこのあたりでも知られている。

「ええ。この半年くらいの間に五、六度くらいは、お出《い》でいただいています」

「一緒に来るのは、佐柄木屋の利之助か」

「名は分かりませんが、年の頃は二十代半ばの身なりのいい人です。寅吉さんは若旦那《わかだんな》と呼んでいました。でも一、二度、他の方とお見えになったことがあります。その人のことも若旦那と呼んでいましたが、少し年上でした」

おおむね一緒に来るのは利之助で、たまに利兵衛ともやって来るという形だと思われた。代金を払うのは、いつも相手の若旦那の方だ。

「来たときは、どんな話をしているのか」

「さあ。いつも小声で話していることが多いですからね。それに聞き耳を立てているわけでもありませんから」

とおかみは言った。月に一度来るだけの客である。金離れがいい客だから、覚えているといった様子だ。

「それでも、何か思い出せないか」

嶋津はねばった。今のところ、寅造と佐柄木屋を繋ぐ手掛かりはこの店にしかない。

「そういえば、どこのお酒がうまいかとか、そんな話をしていたことがあります」

何だと思ったが、それは顔に出さない。

「灘《なだ》あたりの、下り酒のことだな」

「いえ、そうではありません。江戸川から送られてくる、地廻り酒の話だったと思いますけど」

酒の話では意味がない。肝心な話は小声で、雑談の時は気にせず喋《しゃべ》ったのだろうと嶋津は考えた。

「最後に来たのは、いつごろか」

「ええと、五日くらい前かと思います。そのときはちょっと、それまでとは様子が違いました」

「険悪だったのだな」

おかみは慎重な顔つきになって頷いた。相手は利之助だ。

話の中身は分からない。何かがあって、その頃には気まずい間になっていたと考えられた。だがそれ以上のことが分かる情報ではなかった。新たな探索の糸口が摑めたわけでもなかった。

「他にはどうだ」

「そうですね」

おかみは首を傾げた。人が一人死んでいる。かなり真剣に考えてくれた。

「油堀《あぶらぼり》河岸の倉がどうとか。そんな話を聞いたような」

「ほう」

これまでの絡みで、嶋津は油堀河岸の材木町《ざいもくちょう》に佐柄木屋の米を収める倉庫があるのは知っていた。たしかその裏手の長屋に、塚越の住まいがあると耳にしたこともあった。

千草を出た嶋津は、ともあれ油堀河岸へ行ってみた。

油堀には、油問屋会所がある。油荷船が目立つが、それだけではない。俵物や樽《たる》物、織物など多数の荷が運ばれてきた。六間堀のような、長閑《のどか》な景色はなくなっている。

材木町は、堀の北河岸にあった。倉庫は、誰かに尋ねなくともすぐに目についた。詰めれば数百俵の米を収められるほどの、大きな建物だった。土手には専用の船着き場が備えられている。今は戸が閉められて、中の様子はうかがえなかった。

「買い占めた米が、うなるほど入っているのであろうな」

嶋津は呟いた。

閉じられた戸の前で、倉庫の番人らしい初老の男が煙草をふかしていた。昼前の日差しがあたるから、心地よいのかもしれない。

「どうだ。佐柄木屋は儲《もう》かっておるか」

たまたま通りかかった、という気配で老人に声をかけた。

「さあ、米不足ですからね。たいして儲かっていないんじゃあないですか」

「嘘を申すな。この倉庫には、米俵がたっぷりと収められているのであろうが」

言い返すと、老人は「えへへ」と笑った。

「そういえば、ここの米を探りに、どこかの親分さんがやって来たことがありましたっけ」

「ほう。どこの誰か」

何気なく見ていた釣竿《つりざお》の浮が、ぴくっと動いたような気がした。

「名は分かりやせんが、三十代後半の四角張った顔の人でしたね。ずんぐりとした、固太りの体で」

寅造だと思われた。

「それでどうしたのか」

「荷運び人足にいろいろ聞いていたようですが、こっちは悪いことなんて何もしていねえ。ほったらかしていたら、いつの間にかいなくなりましたけどね」

それは、一応番頭に伝えたとか。

「いつのことだ」

「年が明ける、十日くらい前じゃないですかね」

千草で寅造と利之助が最後に会ったときよりも、数日前となる。

「ところで塚越なる用心棒は、まだ関宿にいるのか」

「ええ、先ほど顔を見ました。野村《のむら》屋さんの荷船で、今朝がた着いたとのことでした」

老人は応《こた》えた。

昼過ぎに、猿江御材木蔵《さるえおざいもくぐら》近くにある寺で、寅造の葬儀があった。角次郎も縄張り内の住人として、焼香に加わった。さすがにここには、通夜のときよりも人が集まっていた。

その中に、嶋津の顔もあった。

「寅造は、やはり佐柄木屋を探っていた模様だな」

角次郎は嶋津から、小料理屋千草や材木町の倉庫で耳にした詳細を聞いた。

「米を収める倉庫ならば、闇米に関わることだな。佐柄木屋の弱みを、摑んだのかもしれない」

「うむ。それで口封じをされたのだろう」

角次郎の言葉に、嶋津は頷《うなず》いた。

「金蔓と言ったくらいだからな。強請《ゆす》ったとも考えられるぞ」

「ともあれ、この半月余りの寅造の動きを事細かに洗ってみよう」

葬儀が終わらないうちに、嶋津は寺から立ち去って行った。


大川の河口に近い深川相生町《あいおいちょう》に巴《ともえ》やという小ぢんまりとした料理屋がある。次の間付の十二畳の部屋は、障子を開くと大川と江戸の海が一望に見渡せた。閉じられた障子紙が、朱色に染まっている。外から数羽の海鳥の鳴き声が、小さく聞こえた。

料理を運んできた仲居が、行灯《あんどん》に明かりを灯《とも》して立ち去って行った。

「ささ、どうぞ」

佐柄木屋利七左衛門《りしちざえもん》は、床の間を背にして座る監物兵庫之助《けんもつひょうごのすけ》に酒を勧めた。

「では始末は、抜かりなくいたしたのだな」

監物は、杯を口に運びながら言った。

「はい。千両もの金子《きんす》を寄越《よこ》せと脅してまいりました。おとなしく言うことを聞いていれば死ぬこともなく済んだはずですが、愚かな者でございます」

「虫けらの命だからな、まあどうということもあるまい」

「さようで」

利七左衛門は、空になった監物の杯に再び酒を注いだ。

「ならば次の仕事は、しくじるなよ。この前のようなことがあっては、喜多山《きたやま》らを喜ばせるだけだからな」

「万事、お任せいただきましょう。朽木《くちき》や田所《たどころ》らには、このからくりを見抜くことはできませぬ」

そう口にした利七左衛門は、室内にいるもう一人の男に顔を向けた。四十をやや越えた年頃で、顎《あご》のしゃくれた浅黒い顔をしていた。絹物の羽織を身に着けていて、商家の主人といった外見だ。

「はい。事は滞りなく進んでおりまする」

男は応えた。

「よし。何であれ、慎重にいたせ」

そう言った監物は、注がれた酒を再び飲み干した。

三

出先から戻って来ると、大黒屋の店の中から唐臼《からうす》を舂《つ》く音が聞こえてきた。聞いていると気持ちが軽くなるような、心地の良い音だ。

店の中はまだ見えないが、誰が舂いているのか角次郎にはよく分かった。玄米を精米しているのである。

どれも同じように聞こえるが、舂く者によって微妙な違いがあった。

「あれはお万季だな」

と角次郎は呟《つぶや》いた。

店を覗《のぞ》くと、やはりそうだった。善兵衛は帳場格子の中で算盤《そろばん》を弾《はじ》いている。直吉は配達にでも行ったのか姿は見えなかった。

お万季は華奢《きゃしゃ》な体をしているが、よく働く。舂米《つきごめ》屋で育った娘だから、唐臼の扱いには慣れている。朝飯前といったところだろう。

「戻りました」

角次郎が声をかけると、お万季は笑顔を浮かべて足を止めた。桐下駄《げた》の土産については、手渡したときだけはもめたが、それだけだった。普段履きにはしないが、書の稽古《けいこ》へ行ったり表立った用事があったりしたときには、大事そうに履いた。角次郎にしてみれば、大満足である。

昼下がりになって、取り立てて済ませなくてはならない用がなくなった。そこで回向院門前町の若葉へ行ってみることにした。

一昨日《おととい》の葬儀の折、お条は早々に店を開けたいと言っていた。

「いつまでも、めそめそしてはいられませんからね」

その気持ちは大切だと、角次郎も思う。お条は悲しみを乗り越えて、生きていかなくてはならない。寅造に対してはそれなりの思いがあるにしても、ともあれ女房には励ましの声をかけてやろうと思った。尋ねてみたいことも、頭に浮かんできていた。

若葉の軒下には、暖簾《のれん》が掛っていた。客は一人もいない。声をかけると、すぐにお条が板場から出てきた。

「今日から、商いを始めたんですよ」

もともと若葉では、夜だけでなく昼飯の商いもやっていた。角次郎がものを言う前に、お条は話を続けた。

「それがね、やって来たのはたったの四人だけですよ。亭主が生きていたときは、こんなことはなかった。腰を下ろす場所がないくらい、込み合っていたんですから」

悲しみよりも怒りが先に立ったような言い方だった。

「まだ、商いを始めていないと思っているんじゃないですか」

と、角次郎は言ってみた。

「さあどうだか。世間なんて、薄情なものだからね」

ふてくされた口ぶりである。

寅造は金に汚く、一度嫌われると何かの折にしっぺ返しを喰《く》わされることがよくあった。それを分かっているから、あえて昼飯を若葉で食べる者もいた。ただこのことを、お粂は知らない様子だ。

寅造を失った若葉の商いは、今後厳しくなるだろう。角次郎はちらとそう思ったが、お粂がしぶとい女であるのは分かっていた。

案外、乗り切ってゆくのではないかと考えた。

「寅造親分について、いろいろ聞かせてくれませんか。どうしてあんなに惨《むご》いことをされたのか、私も事情を知りたいんでね。どうです、佐柄木屋さんとの絡みはなくても、何か暮らしに変わったことはありませんでしたか」

丁寧な口調にして角次郎は問いかけた。

「そうだね。あたしもいろいろ思い出してみたんだよ」

とお粂も言った。なぜ殺されたのか、女房だったら知りたいところだろう。お粂は続けた。

「師走《しわす》の初めごろだけどさ、小山宿に近い思川《おもいがわ》の乙女《おとめ》河岸から、都賀《つが》の荷を運んできた船頭さんと酒を飲んだっていう話をしたことがあった」

「小山宿ならば、生まれ在所の者だったわけですね」

これは前に聞いていた。

「知り合いではなかったらしいけど、懐かしい話がたくさん出た。あの人が知っている人もその中に出てきたらしくて、盛り上がったと言っていた」

「その船頭は、米俵を運んできたのですか」

「さあ、それは分からないけど」

下野《しもつけ》都賀には、関宿藩の飛び地があると朽木から聞いている。そこの代官宇佐《うさ》なる人物は、監物の息がかかった者だと言っていた。

何かがにおった。

まだきっちりとは調べていないが、寅造が佐柄木屋を探り始めたのはその後からだという気がした。

「その船頭の名は、分かりますか。どこの人ですか」

「聞いた気がするけど、思い出せない。何しろ一月《ひとつき》以上も前だからね。江戸にいる人じゃあなかったと思うよ」

酒を飲んだ店の名も分からないと言い足した。

佐柄木屋では、都賀産の米を顧客に卸していた。今聞いた話と、繋《つな》がる気配を宿している。

大黒屋へ戻った角次郎は、このことを書状に記して関宿の朽木へ送った。そして昨年一昨年《おととし》の、都賀の藩米の様子について問い合わせをしたのである。

江戸から関宿へ行く船は、毎日何隻も出ている。駄賃さえ出せば、遅くとも翌日には手元へ届けることができた。

朽木からの返書が大黒屋へ届いたのは、二日後の夕刻だった。朽木はこちらからの文を読んで、すぐに返事をしたためてくれたことになる。

封を切って、角次郎はさっそく読み始めた。

新年早々角次郎が関宿へ行ったとき、佐柄木屋が都賀の米を仕入れていることを伝えた。それで朽木は、都賀の年貢米の流れを洗い直したと、まず伝えてきていた。昨年及び一昨年は他と同様、都賀の米も出来は悪かった。

蔵奉行による不正があった後だったから、朽木が赴いて、各村の名主のところへ行って出納帳を改めた。しかしそこに記載されている数字については、不正はうかがえなかった。ただここに記された数字は、藩の検見《けみ》が済んでからのものである。検見の前に抜かれていたならば、意味がない。

ただ何百俵かの米が抜かれていたとして、それを運び出したとしたら、目につくはずだと朽木は記していた。思川にある乙女河岸は、関宿藩の管轄にはないから、代官の宇佐は不正の輸送を指図することはできない。乙女河岸では、関宿藩の米の輸送についてはその俵数を記録していた。

関宿藩十九ヶ村の名主が記した米の総量と、乙女河岸に残された記録には誤差がなかったというのである。そうなると元締役としては、これ以上の追及をすることはできない。

ただ米俵は、乙女河岸からだけ運び出すわけではないと綴《つづ》っていた。川には無数の小さな船着き場がある。夜陰に紛れて、そこから運び出すのは不可能ではないというのが、朽木の意見だった。

しかも都賀からの米を輸送しているのは、野村屋の船である。佐柄木屋と野村屋は一蓮托生《いちれんたくしょう》だから、疑いは晴れない。

「もっと確かな横流しの証拠を、得なければならないというわけか」

角次郎はため息を吐いた。

嶋津はあれから、生前の寅造の動きを洗っている。しかしそれだけがお役目ではなく、本来の町廻《まわ》り区域の見廻りや悶着《もんちゃく》にも関わりを持たなくてはならなかった。探索は遅々として進んでいなかった。


「おやっ」

翌日角次郎は東両国《りょうごく》の広場を歩いていて、寅造の手先をしていた三吉の姿を見かけた。近寄っていって、声をかけたのである。

寅造が生きていたときは、角次郎にも生意気な態度を取ることがあった。しかし親分が死んで、さらに定町廻り同心の嶋津と近い間柄にあることを知ってからは、口の利き方が変わっていた。

声をかけると、「へい」と言って頭を下げた。

「お粂さんから聞いた話だが、親分は師走の初めに小山宿の船頭と出会ったそうだな。昔話をしたらしいが、そのときのことをお前は聞いているか」

少しばかり、居丈高に言った。この手の男は、下手に出ると嘗《な》めてくる。強い口調の方が、正直に話すだろうと思った。

「ええ、覚えていやす」

気抜けするくらい、三吉はあっさりと応《こた》えた。

「そのときの様子を、詳しく話してみろ」

角次郎は告げた。

「あの日は、親分にどうしても伝えなくちゃあならないことがあって、あちこちと捜し回ったんですよ。何しろ冷たい雨が降っていましてね、それであっしは風邪を引きやした」

どうやらそれで、覚えていたらしい。

「どこの居酒屋だ」

「深川元町《もとまち》の、つ、つくしっていう店です」

新大橋《しんおおはし》の、橋袂《たもと》に近い町である。つくしという店は、寅造の行きつけの店の一つだという。

その足で、角次郎は深川元町へ行った。

「ああ、あの寒い日ですね。三吉さんは、何度もくしゃみをしていましたっけ」

つくしの女中は、その夜のことを覚えていた。寅造はたいそう上機嫌で酒を飲み、大きな声で話をしていた。

「飲んだ相手は船頭だったはずですが、覚えていますか」

角次郎は女中に小銭を握らせている。

「ええ、そういえばそうでした。酒樽《さかだる》を運んできたと言っていましたね。うちの酒はまずいけど、どことかの酒はうまいと、そんな気に喰わないことを声高に話していました」

「米ではなく、酒樽だったわけですね。間違いはありませんか」

「もちろんですよ。うちのお酒がまずいと言われたら、腹が立ちますからね」

それで角次郎は思い出した。六間堀河岸の千草という店で、寅造と利之助は酒の話をしていたということをだ。

「酒か」

ため息交じりの声になった。まるで見当はずれの動きを、自分はしているのかと気持ちがめげた。

がっかりしながら、店を出た。そして数歩進んだところで立ち止まった。

「だが待てよ」

と角次郎は呟《つぶや》いた。酒は米からできていると、思い至ったのである。嶋津に相談してみようと考えた。

四

角次郎が大黒屋へ戻ると、襷掛《たすきが》けをしたお万季が台所で錆《さ》びた脇差を研いでいた。白い二の腕が、眩《まぶ》しく見える。

「それにしても、誰の脇差なのか」

婿入りしてくるとき、角次郎は小太刀を一刀携えてきた。しかしそれは、行李《こうり》の底にしまってある。折々手入れをしているから、もちろん錆びてなどいない。

大黒屋に錆びた脇差があるというのは、不思議だった。

声をかけそこなった角次郎は、廊下からしばらくその後ろ姿を見ていた。お万季は一心に、刀身を研いでいる。

「あれは、お客さんが持ってきたものなんですよ」

帳場にいる善兵衛に問いかけると、そう説明してくれた。あの脇差で、米を売ったのだという。

「半刻《はんとき》（約一時間）ほど前ですがね、かなりよれよれの身なりをした、あたしより五つ六つくらい上の歳のご浪人が見えたんですよ。銭はないが、この脇差で米を譲ってくれないかとおっしゃってね」

瘦《や》せて黄ばんだ顔をしていた。目だけが妙に、差し迫った気配を帯びていたとか。

「米を、お渡ししたわけですね」

責めるつもりはなかった。善兵衛がした判断ならば、異存はない。

「はい。ただ私はお断りしたんですよ。米のやり取りは、商いですからね。銭でないもので、お渡しするつもりはありません」

それは角次郎も同じ考えだ。商いは、同情とは別のものだ。どうしても食えないというのならば、家の飯を食べさせてやる。しかしそれは、商いの品を渡すのとは違う。

「ご浪人には、よほど差し迫ったご事情があったわけですね」

「まあそうです。先の短い老妻には、何もしてやれなかった。せめて意識のあるうちに粥《かゆ》でも重湯でも啜《すす》らせたい。との話でした」

差し出された脇差を抜いてみると、すっかり赤鰯《あかいわし》になっていた。老いた浪人も、抜かれてみて初めて気づいたらしかった。それくらい、暮らしに追われていたということになる。

「お帰りいただこうとしたのですがね、お万季がこんなものを寄越《よこ》しました」

善兵衛は紙片を差し出した。ちょうどそのとき、店にはお万季もいた。

『売ってあげれば　研げば使えそうな品です』

と書かれていた。

「ただで渡すわけではない、と言いたかったのでしょうな。そして次に、これを書きました」

さらにもう一枚、善兵衛は紙片を寄越した。見慣れたお万季の文字だ。

『私の亭主も　元は侍』

読み終えて顔を上げると、善兵衛がこちらを見ている。二枚目の紙を見て、売ってやろうと決めたのだとか。

「質屋ならば、これでいくら寄越すかと考えました」

「その分の米を、渡したわけですね」

いたずらを見咎《みとが》められた子どものような目をして応えた。

「ほんの少し、おまけをしています」

「ではお万季には、脇差をしっかり研いでもらいましょう」

話を聞いた限りでは、侍が脇差を引き取りに来るとは思えなかった。しかしそれでもかまわない気がした。

角次郎にしてみれば、嫌な気持ちはしなかった。

「ごめんなすって」

そこへ三十代前半と半ばとおぼしい、二人の職人ふうの男が現れた。客には違いないが、百文買いではなさそうだ。

角次郎は、その二人の顔に見覚えがあった。一呼吸する間、顔を見て、思い出した。

新大橋東橋袂で屋台店を商っている者たちである。

年嵩《としかさ》の方が握り寿司《ずし》売りで、もう一人がこわ飯売りだった。

白米と糯米《もちごめ》を扱う商いである。新大橋東詰め近くには御籾蔵《おもみぐら》や御舟蔵があり、また小名木川もすぐ目の前に流れていた。そこで働く職人や人足たちが、橋袂に店を出す屋台店を利用した。特にこの二つの屋台店は人気で、昼飯どきになると行列ができるほどだった。

前に角次郎は、継続的にしかも大口の仕入れをしてくれそうな店を探してあのあたりを歩いた。屋台店の混雑の様子を目の当たりにして、銭を払って食べてみたのである。

握り寿司は一つ六文から八文。世間の相場の値だが、載せる貝や魚が新鮮だった。こわ飯屋は、糯米に交ぜる小豆や黒豆にこだわりを見せていた。

しかし何といっても、この二つの店は米の炊き方が丁寧だった。それで魚や貝、豆類の味が引き立ったのである。安いだけで売れている店ではなかった。

客が引いた頃合いを見計らって、角次郎は二人に声をかけた。

屋台店とはいっても、扱う米の量は、ばかにならないものがあった。継続的に米を卸すことができたならば、確かな客になってもらえると考えた。

そのとき二人は、角次郎の話を最後まで聞いた。しかしこれまでの付き合いもあるから、即答はできないと言われた。それで引き下がって、そのまま日にちが過ぎていたのである。

「まあ、どうぞ」

二人を上がらせて、座布団を二つ差し出した。茶を二つ持ってくるように、お万季に声をかけた。

寿司屋は梅五郎《うめごろう》、こわ飯屋は左八《さはち》だとそれぞれ名乗った。

「米の仕入れ値などは、先だって若旦那《わかだんな》からうかがいました。この米不足にはありがたい値ですから、話に乗りたい気持ちはあります。でも気になることもあるんですよ」

梅五郎の方が、口を開いた。

一俵の値については、相場よりも銀二匁分安くしていた。それでも大黒屋の利益は、充分に得られた。

「どのような話ですか」

善兵衛がにこやかに応じている。

「継続的なお付き合いとなると、これまで付き合ったお店との関わりは切ることになります。目先の値の安さに引かれるのは確かですが、それだけでは、これまでの取引先を替えるわけにはいきません」

「米不足はさらに拍車がかかると思います。三月《みつき》たち四月《よつき》たったとき、大幅な値上げになったり、品不足のために仕入れができなくなったりでは、私らの小商いはすぐに身動きが取れなくなってしまいます」

梅五郎に続いて左八も言った。

「仕入れは、大丈夫かということですね」

角次郎は言った。これを案じるのは、仕入れをする者としては当然だと思った。

二人でわざわざ出向いてきたのは、大黒屋の店構えを見たい気持ちもあったのかもしれない。そうだとすれば、二間半の店には不安を感じただろう。

「仕入れについては、野田や関宿まで足を延ばして直《じか》に行っています。地廻《じまわ》り問屋を通しませんから割安でお分けができるわけです」

それは前にも説明した。二人は頷《うなず》いたが、納得をしたわけではなさそうだった。

「大黒屋さんの商いについて、近所で聞きました。評判は悪くありませんでした。でもね、私らにはまだよく分かりません」

左八が応じた。米不足は深刻で、美味《おい》しいことを言われても裏切られた覚えがあるのかもしれなかった。

「ではどうでしょうか。うちの米蔵を見ていただくというのでは。現物をご覧になれば、信頼をいただけると思いますよ」

後半は、善兵衛に言っていた。

二人は、己の商いを大切にしている。屋台店とはいえ、真っ当な商人だと思った。だからこそ仕入れ先の備蓄量が気になるのだ。この手の客は、納得さえすれば確かな顧客になってもらえる。そう考えるからこその提案だった。

「ええっ」

善兵衛は、驚きの声を上げた。客に米蔵を見せるなどというのは、手の内を明かすようなものだ。

何を言い出すのか、と不快な気配さえ浮かんだ。

けれども角次郎は引かない。この二人には、こちらの手の内を見せることで、逆に信頼を得られると判断した。加えて店の倉庫には、秋に仕入れた米がぎっしりと収まっている。見られて恥ずかしいものではなかった。

「む、婿殿がそう言うのならば」

善兵衛は、しぶしぶ応じた。

「では、ご覧いただきましょう」

角次郎は、梅次郎と左八を立ち上がらせた。店の裏手にある米蔵に案内したのである。

重い戸を、がらがらと音を立てながら開いた。

「おお、これは」

二人はほぼ同時に、声を上げた。広い米蔵ではないが、天井まで一杯に米俵が整然と積まれていたからである。

「この他にも、倉庫を借りています。仕入れを滞らせることはありません」

自信のある言葉で、角次郎は言った。

「わ、分かりました」

米不足の中でも、売り惜しみはしていない。他の店と比べても割安で売っている。にもかかわらずこれだけの備蓄があるのは、今の大黒屋の誇りだった。

さっそく商いの約定を取り決め、それを文書にした。

二人が帰ったところで、お万季が姿を現した。口元に笑みを浮かべている。

「よかったですね」

と、言っている気がした。

そして袂《たもと》から、先ほどの脇差を取り出した。

受け取った角次郎は、さっそく鞘《さや》から刀身を抜き出した。見事に研ぎ上がって、刃面に自分の顔が映っていた。

五

油堀西横川は、仙台堀《せんだいぼり》と深川では一番海際を流れる大島川《おおしまがわ》を繋《つな》いだ。深川には網の目のように川や掘割があって、荷船が河岸にある商家に物品を運んだ。

河岸の道を歩いていると、必ずどこかから艪《ろ》音が聞こえてくる。

嶋津は、油堀西横川の東河岸北川町《きたがわちょう》の河岸道を歩いていた。目の前に大きな酒屋があって、四斗の酒樽《さかだる》が船着き場から店の中へ運び込まれていた。

小売り酒屋としては、界隈《かいわい》では名の知られた店である。屋号は出羽《でわ》屋。樽廻船《たるかいせん》で西国から運ばれてくる下り酒だけでなく、江戸川や荒川《あらかわ》から運ばれてくる地廻り酒も扱っている店だった。

関宿藩の飛び地都賀の横流し米が、酒に化けて江戸へ運ばれているかもしれないという話を角次郎から聞いた。

寅造が佐柄木屋を強請《ゆす》って殺されたとの考えは変わらない。だが当の寅造は、佐柄木屋の倉庫は探っていても、取引先の高利の米屋を探った気配はなかった。

「どうしたものか」

と思案していたところで、角次郎から酒にまつわる話を聞いた。渡りに舟といった気持ちで、深川廻りの同心から出羽屋の名を聞いてきた。

荷が運び終えられ、帳付けが済んだあたりを見越して嶋津は出羽屋の敷居を跨《また》いだ。

つんと、酒のにおいが鼻を衝《つ》いてくる。

店の中を見回すと、樽酒が積んであるだけでなく、産地と銘柄、値を記した貼り紙が多数壁に貼り付けられていた。西国からの下り酒は、地廻り酒の二倍から三倍、いやそれ以上の値がついているものもあった。

「ご苦労様でございます」

上がり框《かまち》に腰を下ろすと、五十絡みの番頭が挨拶《あいさつ》に来た。

「どうだ、売れ行きの方は」

嶋津はまず、そこから尋ねた。

「いやもう、よくはありませんね。米不足でございますから、仕入れの量も減らされています」

ぼやき声を出した。定町廻り同心を相手にしているから、下手に出た物言いだ。

「なるほど、不作の余波がもろに押し寄せているわけだな」

酒の生産量は、幕府や大名家の統制を受ける。勝手には造れない製品だった。豊作の折は、米価を下げないために多くの量を造らされ、不作の折は酒どころではないというわけだ。

生産量が、米の出来不出来に大いに左右された。

「だから今年は、総じて高値なわけか」

店内に張られた紙に目をやりながら、嶋津は言った。居酒屋で飲む酒も、じりじりと上がっている。

「そうなると下り物よりも、安い地廻り酒の方が売れるのであろうな」

「まあ、さようでございますね」

地廻り酒は雑味も多く、渋みや酸味も強すぎて重くくどい味わいのものがほとんどだった。そこへゆくと下り物は、ふくよかでふくらみがあり、きめの細かい味わいがある。

誰だってうまい方を飲みたいが、懐具合と相談すれば贅沢《ぜいたく》は言えなくなる。

「ただ地廻り酒とはいっても、いろいろな品がありますよ」

と番頭は言った。

「中には、うまいものもあるというわけだな」

「はい。上質な米で、西国で修業をしてきた腕のいい杜氏《とうじ》がかかれば、下り物に劣らない酒ができます。もっともそういう酒は、値が張ってしまいますが」

苦笑いをした。そして続けた。

「もともと造る量が少ないので、お大尽と呼ばれるような方々がお求めになっていきます」

「それは、どこの酒か」

嶋津も、酒は嫌いではない。飲んでみたいと思った。

「野州《やしゅう》都賀の酒でございます。あそこは米も上質なものがとれますし、思川の水も清らかです」

「ほう。これは魂消《たまげ》た」

こちらが尋ねようとしていた酒が、向こうの口から飛び出してきたのである。店の貼り紙には、都賀産の酒は見当たらない。

「この店では、扱っていないのか」

「いえ。取り扱ってはいますが、少量なので古くからのお客さんだけにお分けしています。もっと仕入れたいのですがね。なかなかそうはいきません」

番頭はため息を吐いた。

「そうなると、どこの問屋でも扱っている品ではないな」

「はい。江戸では、海辺《うみべ》大工町《だいくちょう》にある八州《はっしゅう》屋さんだけだと思います。小山宿や関宿あたりならば、もっと扱っているのでしょうが」

その土地ならではの極上酒だと、嶋津は考えた。

「面白い展開になって来たぞ」

出羽屋を出ると、そのまま海辺大工町へ向かった。この町は小名木川の南河岸に、細長く東へ延びている。大川ほどではないが、かなりの川幅があった。

八州屋は間口四間半。仙台堀や油堀に櫛比《しっぴ》する大店老舗《おおだなしにせ》と比べれば、地味な造りの店だった。ただ店の前には専用の船着き場があり、建物も手入れが行き届いていた。奉公人の動きもてきぱきとして見えた。

すぐに店に繰り込むつもりだったが、一応自身番へ行って、大まかな話だけでも聞いておこうと考えなおした。

「ちょいと話を聞かせてもらうぜ」

そう声をかけると、初老の書役が薄い座布団を差し出した。中年の大家が、熱い茶を淹《い》れてくれた。

「米不足の折でも、八州屋の景気は悪くないようだな」

まずはそう問いかけた。

「酒がなくては生きていけないご仁が、世の中には多数おいでですからね」

大家が、酒焼けした書役の顔に目をやりながら言った。

八州屋は、西国からの下り酒は扱わない。江戸川を下ってくる酒だけを扱っていると、大家は話した。米不足の昨今でも、途切れることなく野州や常州《じょうしゅう》、東北の酒が送られてくるとか。

「都賀の酒は、江戸では八州屋だけが仕入れていると聞いたが」

嶋津はさっそく本題に入った。

「ええ、そうです。あれは値が張りますが、さすがにいけますね。辛口で淡麗。でもあればかり飲んでいたら、身上を潰《つぶ》しますね」

酒好きらしい書役は、生唾《なまつば》を呑《の》み込んだ。『都賀嵐』という銘柄だそうな。

「江戸へ入るのは、せいぜいが二、三百樽。上得意のお大尽や名の知られた料理屋が引き取ってゆくと聞いています」

これを言ったのは大家だ。さらに話を続けた。

「あの酒は、いつもあるわけではありません。寒造りで仕上がったものが、今月の終わりか来月の初めあたりに運ばれてきます」

「ならばもうじきだな」

「はい。運んで来るのは野村屋さんの大きな船です。荷揚げされる様子は、なかなかに壮観です」

「なに、野村屋の船が運んで来るのか」

「そうですよ。野村屋さんと八州屋さんとは、縁続きだそうで」

「さようさよう。だから都賀嵐が、仕入れられてくるという話ですね」

　大家の話に、書役が割り込んだ。

「だとすると、米問屋の佐柄木屋とも縁続きとなるな」

「そうです。八州屋のご主人四郎兵衛《しろべえ》さんは、佐柄木屋の利七左衛門さんとの関わりでは又従弟《いとこ》となります」

「ええ。あれは五、六年くらい前ですかな、一度店が潰れかけて、佐柄木屋さんに救われた。都賀嵐を仕入れるようになったのは、そのときからですよ」

　書役と大家が続けて言った。八州屋は、今ではすっかり持ち直しているそうな。

「それにしても旦那《だんな》、八州屋さんの酒に何かあったんですか」

　大家が問いかけてきた。界隈では見かけない定町廻《じょうまちまわ》り同心が訪ねて来て、酒の話を聞きだしている。不審に思った様子だった。

「いや、そういうわけではないが」

　どう応《こた》えたものかと考えていると、今度は書役が口を開いた。

「そういえば、なんとかっていう名の岡っ引きの親分も、都賀嵐についていろいろ聞きに来たことがありましたよ」

「なるほど。それは寅造という名ではなかったか」

腹の底が、じんと熱くなっている。探索はこれまでほとんど進まなかったが、その分を取り返しそうな勢いを感じた。

「四角張った顔の、ずんぐりとした体つきの方でした。たぶんそんな名だったと思います」

嶋津は、それは寅造だと確信した。やって来たのは、師走《しわす》も半ばを過ぎたあたりのことだったとか。小山宿の船頭から話を聞いた後、そう間のない頃だと思われた。

「八州屋の何を探っていたのか」

「さて、そこまでは分かりませんが」

書役は首を振った。

いずれにしても寅造は、米の横流しについて探っていたのではなかった。佐柄木屋は横流し米を、酒にして江戸に運んだ可能性がある。寅吉はそれを嗅《か》ぎ取り、探っていたのだと嶋津は考えた。

嶋津から話を聞いた角次郎は、関宿の朽木に書状を書いた。こちらの調べの結果を伝え、都賀米による酒造りとその輸送について問い合わせをしたのである。

六

帳場格子の内側で、角次郎は商い帖《ちょう》の整理をしていた。算盤《そろばん》の、珠《たま》を弾《はじ》く音は軽やかだ。

百文買いの客は、少なくても日に、七、八十人、多ければ百五十人を軽く超す。客の中には、かなり遠くからやって来る者もあった。利幅は小さいが、まとまれば大きい。

一俵を三斗五升として、日に米俵一つ分が商われる計算だった。

これに大口の客も加わるから、商いとしては今のところ順調だと思っている。

関宿藩から四百俵を仕入れたとき、かなりの借金をした。しかしこの分ならば、仕入れに費やした分を除いても、順調に返せると思われた。

「婿殿」

そこへ外出していた善兵衛が、戻ってきた。角次郎の脇に、どっしりと腰を下ろした。話したいことがあるらしかった。

婿になって、まだ四ヶ月ほど。けれども角次郎を差し置いては、大黒屋の商いは一歩も進まない状態になっていた。善兵衛はそれを、誰よりも承知している。「なんでしょうか」

算盤から手を離して、角次郎は話を聞く体勢をとった。

「武州屋《ぶしゅう》さんから借りている金子《きんす》のことなんですがね」

と善兵衛は言った。どこへ行くかは聞かなかったが、どうやらその金のことで外出をしていたらしい。

武州屋とは神田《かんだ》松枝町《まつえちょう》にある縮緬屋《ちりめん》である。関宿藩からの米を仕入れるときに、不足分の五十三両の金を月利二分の利息で借りていた。当初は二割の利息で一年借りるという話だったが、月ごとにしてもらった。どうせ数ヶ月で返せる見込みだったから、いくぶん割高でも月単位の借用書を書いたのである。

「今の月二分よりも、安く借りられそうなところが見つかったんですよ」

「借り換えをしようというわけですね」

善兵衛は頷《うなず》いた。

相手は札差を隠居した老人で、手持ちの金を動かしている。月利一分五厘で貸してもらえるという話だった。長く札差稼業に関わった者だから、佐柄木屋との関わりもない。

「いかがでしょうか」

善兵衛としては、話を進めたいらしかった。

「そうですねえ」

角次郎は、煮え切らない返事をした。確かに借り換えた方が、支払う利息は少なくて済む。しかしその額は、そう大きいものではなかった。

舅殿《しゅうとどの》は、相変わらず吝《しわ》いな。

と角次郎は思う。善兵衛の考えは、直近の損得だけで考えれば誤ってはいない。ただ札差の方は初めて名を聞く者で、これまでの付き合いはなかった。

武州屋は、実家五月女《さおとめ》家の旦那寺谷中《やなか》龍光寺《りゅうこうじ》の住職泰源《たいげん》が口利きをしてくれて知り合った者である。龍光寺の檀家《だんか》で商いも堅調、人物も信頼できた。

これからも、何かと世話になることが予想される相手ともいえた。金は好意で貸してくれたのである。それをわずかばかりの金子のために乗り換えるというのは、角次郎にしてみれば気が進まない。

長い目で見れば、借りたままにしておく方が得策ではないかと考えた。

「考えておきましょう」

一応、考えを伝えた上で、角次郎はそう言った。

「そうですねえ」

善兵衛は、話をひっこめた。

そのときちょうど、隣の店のあたりから男の話し声が聞こえ、戸が開けられる物音がした。角次郎と善兵衛は、顔を見合わせた。

大黒屋の左隣は間口四間の古着屋である。そして右隣は、元は間口三間の荒物屋だったが佐柄木屋が買い取って、そのまま空き店になっていた。大黒屋と合わせて、大きな米屋を建てようという腹があったからである。

その空き店の方の戸が、開かれたのである。

思い掛けないことなので、角次郎と善兵衛は通りへ出てみた。戸を開けられた店はがらんとしている。その中で職人ふうの男が二人で話をしていた。佐柄木屋の者ではなさそうだ。

「いったい、何があるんですか」

善兵衛が、問いかけた。二人はこちらへ目を向けた。

「新たにここで、商いを始めるんですよ」

年嵩《としかさ》の方の男が応えた。建物はそのままで、多少手を入れる。看板も据えなくてはならない。そのために来たと話した。二人は大工だそうな。

「どんな、お店ですか」

「春米屋《つきごめ》だと聞きました」

「ええっ」

驚きの声を上げた。けれどもそれにはかまわず、二人は打ち合わせの続きを始めた。

これ以上の問いかけを、拒絶する気配があった。

建物は佐柄木屋のものだから、どうしようと勝手だ。しかし大黒屋としてみれば、そのまま見過ごしにできるものではなかった。

角次郎と善兵衛は、町の自身番へ行った。顔見知りの書役に、さっそく問いかけた。

「ええ、あそこに店を出すという話は聞いています。昨日、佐柄木屋利之助さんと峯《みね》吉《きち》さんという方が見えましてね。商いの届けを出し、峯吉さんの人別をこちらに移しました」

「すると新店の主人になるのは」

「峯吉さんです。屋号は安房《あわ》屋と届けには書いてあります」

段取りを踏んでの店開きである。そういえば前にも、佐柄木屋が商いを始めるという噂話を、どこかで聞いたことがあった。

「確か峯吉さんというのは、佐柄木屋さんの手代だった人ですね」

前に佐柄木屋を調べたとき、その名と顔を知った。二十代半ばの、長身な男である。佐柄木屋には何人もの手代がいるが、その中でもやり手だという評判を聞いていた。

「そうです。番頭をやったわけではありませんから、暖簾《のれん》分けではなさそうです」

と書役は言った。

「これは新手の嫌がらせですね。決着がついたら、峯吉は佐柄木屋へ戻るんでしょうな」

苦々しい顔で善兵衛は言った。春米屋が三軒並ぶことになる。

「峯吉さんは、大黒屋さんに負けない、いい店を作ると、張り切っておいででした」

書役にしてみれば、しょせんは他人事《ひとごと》だ。気軽な口調で言った。それなりの贈答品を、受け取っているのかもしれなかった。

これ以上、もう書役から聞くことはなかった。二人は重い足取りで店に戻って行く。

「安い値で売るのでしょうか」

「いや、それはないでしょう」

前に直吉も口にしていた。しかし角次郎の予想は変わらない。米不足の今ならば、安くすればするほど客が殺到する。大黒屋が痛手を被るのは明らかだが、それ以上に佐柄木屋の負担が大きくなる。

利之助はまだ若いが、したたかな男だ。そんな算盤に合わないまねを、するわけがなかった。

「ともあれ、様子を見ましょう」

角次郎が言うと、善兵衛は大きなため息を吐いた。

夕方ごろになると、隣の店が勢いづいた。興奮気味の声も聞こえた。

「屋根に、新しい木看板が載せられましたよ」

様子をうかがいに出た直吉が、戻ってきて言った。『春米　安房屋』というものである。

そしてすぐに、荷車がやって来た。二十俵の米が、運び込まれたのである。見ていた野次馬たちから、歓声が上がった。

「ごめんなすって」

そろそろ暮れ六つ（午後六時）の鐘が鳴ろうという頃。店じまいを始めたところで、羽織姿の峯吉が大黒屋へやって来た。

「このたび、お隣で店を開かせていただきます。どうぞよろしくお願いをいたします」

慇懃《いんぎん》に長身の頭を下げた。そして手拭《てぬぐ》い一本を差し出した。これが新店を開く挨拶《あいさつ》らしかった。

「では」

何か言おうと考えているうちに、峯吉はもう一度頭を下げて立ち去って行った。

話をする気持ちなど、さらさらないらしかった。形式として、やって来ただけである。

「挑んできたわけですね」

善兵衛が呟《つぶや》いた。

ふと見ると、店の隅にお万季がいてこちらを見ていた。不安そうな眼差《まなざ》しだった。

「案ずるな。何とかなるものだ」

角次郎は声をかけた。悪意を持って店を開けたのだとしても、すぐに何かができるわけではない。状況を見ながら、できることをしてゆくまでだと角次郎は考えていた。

七

翌日から、安房屋は商いを開始した。主人峯吉と小僧が一人いるだけの店である。

本気で商いをするつもりなど、おそらくない。大黒屋の商いを邪魔するだけならば、二人だけの店で充分なはずだった。

「それで、いくらで売っているのか」

角次郎が気になったのは、この一点だ。大黒屋の商いの半分以上を占めるのは、百文買いの客である。店を揺るがそうとするならば、狙ってくるのはまずそのあたりだろう。

「百文で八合です」

偵察に行ってきた直吉が、そう伝えた。

「うちと同じだな」

まずそんなところだと思った。少しでも高くしたら、妨害の意味はなくなる。

「ならばうちの客は取られませんね」

直吉は言ったが、それは分からない。

早々に、百文買いの客が大黒屋へ現れた。東両国で唐辛子売りをしている、中年の後家だった。近くの裏長屋に住んでいる。

「何があったって、あたしは大黒屋さんから買いますからね」

後家は励ましの声を寄越《よこ》して帰っていった。善兵衛は、胸をなでおろしたようだった。

徐々に客がやって来る。

「いらっしゃい。新店ですよ」

安房屋の小僧が、呼び声を上げていた。それがこちらにも聞こえてくる。

「けっこう集まっていますよ」

様子を見に出た善兵衛がそう言った。目顔に不満の色があった。

「長いこと、うちで買っていたお客も、中にけっこう交っています」

「珍しいもの好きは、どこにもいますよ。次はうちで買うのではないですか」

「もう、あいつらには売ってやらん」

それはできないことだが、善兵衛にしてみれば面白くない。それは角次郎にしても同様だった。

「うちは他所《よそ》よりもずっと安く売ってきた。そういうことを、忘れてしまうんでしょうか」

これは直吉のぼやきだ。

結局その日、大黒屋へ百文買いに現れた客は、四十人ほどだけだった。安房屋の影響は大きかった。

そして翌日も、客足は戻っては来なかった。隣の威勢のいい売り声ばかりが響いてきた。

「こう百文買いの客が減ったならば、借金の返済も滞ってしまうのではないでしょうか」

善兵衛は、気の弱いことを口にした。

「なあに、数日で少しずつ回復してきますよ」

角次郎はそう応《こた》えた。ただ元のようにはならないだろうと考えている。

「向こうに負けないように、こちらは値を下げましょうか」

善兵衛なりの提案だが、角次郎は首を横に振った。

「だめです。それをすれば、必ず向こうもやります。先に音を上げるのは、大黒屋の方になります」

虚《むな》しい消耗戦はしない。やれば基盤の弱い方が負ける。

ただ売り上げが減るのは明らかで、借金返済がその分だけ遅れる。それが痛かった。

じわじわと、商いを追い詰めてきそうだ。

そして夕刻になって、思いがけない人物が店へやって来た。

「あぁっ」

善兵衛が驚きの声を上げた。垂水《たるみ》屋清左衛門《せいざえもん》である。直吉が水を引っかけて謝りに行ったが、まともに相手にされなかった。関東米穀三組問屋の中で、世話役をしている人物だ。

「ちと、お渡ししたいものがありましてな」

清左衛門は、にこりともしない顔で言った。

「まあどうぞ」

立ち話というわけにはいかなそうだ。わざわざ出向いてきたのである。店の奥で、座布団を差し出した。

前置きの挨拶はない。向かい合って座ったところで、清左衛門は数枚の紙片と袱紗《ふくさ》に包んだ金子《きんす》を差し出した。袱紗を開くと、そこには十枚ほどもありそうな小判と五匁銀が数枚載っていた。

「な、何ですか。これは」

角次郎は息を呑《の》んだ。垂水屋から、このような金子を差し出される覚えはなかった。

「これを見ていただきましょう」

清左衛門が差し出す紙片を、善兵衛は受け取った。

「おおっ」

文字に目を通した善兵衛は、呻《うめ》き声を上げた。紙を持つ指先が、微《かす》かに震えていた。

その段階で、角次郎はその紙片が何であるか気が付いた。角次郎が野田や関宿へ行ったとき、本百姓らと取り交わした売買の約定を記した証文だった。

すべてではない。善兵衛から受け取って、一人一人の名を改めた。野田のものは一枚もなく、すべてが境河岸《さかいがし》周辺の村で取り交わした文書である。合わせると、五十一俵分になった。

だが角次郎には、まだ清左衛門の来意が摑《つか》めなかった。

「この金子は、そのお百姓方に大黒屋が支払った前金の総額に、証文にある違約金を含めたものでな。この店が受け取る金だ」

「約定を、反故《ほご》にするというわけですね」

「そうだ」

清左衛門は頷《うなず》いた。それまで感情をうかがわせなかった目に、微かな苛立《いらだ》ちが浮かんだ。

訪れた意図は分かった。だがなぜこの証文が垂水屋のもとにあるのか、それはまだ分からない。

その不審に気が付いたように、清左衛門は口を開いた。

「この小前の方々は、何代も前の垂水屋が関東米穀三組問屋の仲間入りをしたときから、米を仕入れている方々です。当座の暮らしに困って、こちらの甘言に乗ったが、それは本意ではない。その証拠に、江戸への知らせがあった。そこで番頭をやって調べを入れると、その方々の名が挙がった」

「……………」

角次郎も善兵衛も、声が出ない。出会った小前の者たちが、どこかの問屋と取引をしていることは分かっていた。しかし垂水屋と関わりのある者たちだというのは、今の今まで知らなかった。

「大黒屋は、佐柄木屋と同じようなものだ。関東米穀三組問屋や地廻り問屋の隙間から、米をかすめ取ってゆくやり方だ。しかもそのやり方は乱暴だ。五十俵など高が知れた量だが、私らは許さない。泥棒猫のような真似をする者たちの前に、立ち塞《ふさ》がるつもりだ。それをよく、肝に銘じておくように」

老舗《しにせ》が、新興の店から商いを守った形だった。違約金が添えられている以上、大黒屋は約定の反故を受け入れなくてはならない。違約金を払ったのは、前金を受け取った小前の者たちではない。垂水屋が前金を立て替え、違約金を払うことで事を収めたのだと思った。

それは関東米穀三組問屋の世話役である、垂水屋清左衛門の意地に他ならない。

佐柄木屋と一緒にされるのは、はなはだ不本意だが、金を受け取るしかなかった。

こちらにある証文に善兵衛は署名をし、差し出した。金の受取り証も手渡した。関東米穀三組問屋は、今のところでは、大黒屋の敵に他ならなかった。佐柄木屋だけが障壁ではないと、角次郎は悟ったのである。

順調だと感じていた商いだが、足元は少しも固まっていなかった。

証文を懐に入れた清左衛門が、口を開いた。

「隣に同業が店開きをした。あれは、佐柄木屋の仕業に他ならない。利七左衛門は、まことにしぶとい男だぞ」

こちらの困惑と混乱を踏まえた上での言葉だ。どこかに面白がっている気配も感じた。

清左衛門は、安房屋が佐柄木屋と繋《つな》がりがあることを知っている。大黒屋と佐柄木屋との確執についても、気付いているらしかった。関東米穀三組問屋の世話役は、地獄耳を持っているのかもしれない。

「あの店の嫌がらせには、何があっても屈しません」

挑む気持ちで、角次郎は言った。

「小店の入り婿としては、たいした心がけだ。お手並み拝見といったところだな」

言い終わらないうちに、清左衛門は立ち上がった。履物をつっかけたとき、さらに言葉を続けた。

「佐柄木屋は、目障りな店には露骨な嫌がらせをする。うちもやられた。でもね、やられたままにはしない」

そう言い残すと、清左衛門は足早に立ち去って行った。

八

「今日の売り上げはさっぱり。おまけに仕入れ先まで奪い取られた。散々な一日でした。でもね、角次郎さんが垂水屋に言った最後の言葉には、溜飲《りゅういん》が下がりましたよ」

清左衛門の姿が見えなくなってから、善兵衛が言った。沈む気持ちを、奮い立たせるような言い方だった。

「本当に、まったくですよ」

やり取りを聞いていたらしいおトクが、店に出てきて言った。胸に塩壺《つぼ》を抱いている。

板の間へ出て、一掴みの塩を撒《ま》いた。

「お清めですよ」

おトクの後ろにはお万季もいた。続けて一掴みの塩を撒いた。

「お陰で、せいせいしました」

角次郎は、精いっぱい明るく言った。大黒屋のすべての者で力を合わせる。負けはしないと心を新たにした。

店じまいをし、夜の食事も済ませた。食後の茶を喫していると、戸を叩《たた》く音が聞こえた。

訪ねてきたのは、関宿藩の田所郁《いく》之助《のすけ》だった。朽木からの返書を携えてきたのである。

「ありがたい」

角次郎はさっそく、封を切った。朽木とは何度も文のやり取りをしている。いくぶん癖のある文字だが、今ではすっかり慣れた。この文は善兵衛も読む。お万季が目にすることもあった。

『都賀の酒は下り物に劣らぬ味わいにて　高値にて売買なされおり候』

まずはそう記されていた。角次郎は酒には弱く、その味わいはしかとは分からない。ただ嶋津が聞いた話でも、また酒を嗜《たしな》む田所の話でもかなりの上品と察せられた。

ただ銘酒都賀嵐は、大量には造られていない。せいぜいが、四斗樽《しとだる》で千二、三百ほどだろうと記されていた。ただ高値で売れる人気の酒だから、密《ひそ》かに余分に造らせてそれを売れば米の横流しよりもはるかに利を得られる可能性があると朽木は伝えている。

関宿藩には、都賀だけでなく遠く西国の和泉《いずみ》の国にも九ヶ村の飛び地があった。都賀の代官宇佐孫四郎《まごしろう》は家格の高い者ではなかったが、その才覚を監物に認められ、若くして和泉の国にある領地の代官となった。

収税に関しては、そこでなかなかの腕前を発揮した。そして八年近く前に、都賀十九ヶ村の代官に転任した。

代官という身分は変わらないが、収める土地の広さは倍ほどになり、関宿にも近い任地となった。家禄《かろく》も増やされている。これは宇佐の能力に負うところが大きいが、監物の後ろ盾があってこそのものでもあった。

宇佐は転任に当たって、和泉の国の腕のいい杜氏《とうじ》作左衛門《さくざえもん》なる人物を引き連れて都賀へ移った。そして都賀嵐の蔵元で働かせることにした。

作左衛門の加入によって、都賀嵐の品質は格段に上がった。地廻り酒としては考えられない利益率の高い酒となり、蔵元は潤った。当然そこには藩公認の米も入れられている。

したがって宇佐は、その蔵元には顔が利く。横流し米を流用させるなどわけなくできるはずだったが、藩からの監察については、手掛かりが得られないように仕組んできた気配があった。

蔵元は思川の乙女河岸に近いところにあるが、そこは大名領や旗本領が入り乱れている。しかも蔵元のある場所だけでなく、搬送する乙女河岸も関宿藩領ではなかった。藩としては、簡単に踏み込むことができない構図だ。それを盾に取っての横流しだというのが、朽木の考えであった。

加えて関宿の水関所では、『入り鉄砲』や『米』については厳密な調べを行ったが、酒やその他の領外物品については河岸場奉行も本腰を入れていなかった。したがって酒の輸送については、不明な点が多いというのも残念ながら認めざるを得ないというのが返書の概要だった。

「都賀の飛び地については、朽木殿ら勘定方元締役が当たっておいでだが、代官の宇佐がいちいち顔出しをしてやりにくい。また内密の探索をしようにも、藩の者では顔が知られていて充分な成果が得られない。とまあ、元締役では足踏みの様相となっています」

と田所が言い足した。

「なるほど」

飛び地を支配する代官の犯行を洗うとなると、難しいのは当然だろう。確たる証拠があってのお調べではないから、なおさらである。

「そこで、ですが」

田所が居住まいを正した。折り入って言いたいことがあるらしかった。

「何でしょう。私にできることならば、やらせていただきましょう」

と応じた。今の大黒屋の商いのもとは、関宿藩との関わりの中にある。役に立てるならば立ちたいという気持ちは大きかった。

「角次郎殿に、都賀へ入っていただきたいのです。そこもとならば、それなりの働きをなさるだろうと、朽木殿は期待しています。何よりも、やつらに顔を知られていませぬからな」

「うむ」

口で言うのは容易《たやす》いことだが、これはかなり難しい。命懸けの役目だと思われた。

米を仕入れに行くのとは、わけが違う。

話を聞いた善兵衛の顔も、厳しいものになっていた。

「勘定奉行の喜多山様は、此度《こたび》こそ監物一派の不正を暴き、藩にある不正の膿《うみ》を出し切りたいと考えておいでになります。本腰を入れています」

「それはそうでしょうな」

物証こそないが、監物の不正は明らかだ。藩財政を握る責任者としては、何としても息の根を止めたいところだろう。

「そこでです。角次郎殿のお力添えで宇佐の不正を暴き、首魁《しゆかい》の監物を倒すことができれば、都賀十九ヶ村のうちの一村の年貢米を大黒屋殿に任せてもよいと、喜多山様はおっしゃっています」

「ま、まさか」

一瞬、耳を疑った。たとえ一村であっても、年貢米を任せるとは、藩の御用達にするということに他ならない。

隣には嫌がらせの店ができ、売り上げは大きく減っていた。関東米穀三組問屋の垂水屋からは、せっかく仕入れられると期待していた本百姓との約定を反故にされた。踏んだり蹴《け》ったりの状況の中で、唯一活路を見いだせる話だった。

「でもねえ。万が一にも婿殿に何かがあったら、大黒屋はやっていけませんからね」

善兵衛が声を出した。

このままでは、角次郎は応じてしまう。それを見越して、善兵衛は話に反対であることを伝えてきたのだ。善兵衛らしい、したたかなやり方だ。

しかしそれは、角次郎を守りたいとの気持ちに他ならなかった。

お万季は茶を出した後、部屋の隅に座っている。角次郎はそちらへ目をやった。お万季はじっとこちらを見詰めている。体が強張《こわば》っているのが分かったが、頷《うなず》くことも首を横に振ることもしなかった。というより、できないらしかった。

危険な目に遭ってほしくはないが、角次郎の気持ちも分かっている。だからこそ、何の意思表示もできないのだと受け取った。

ならば、「やりたいことをおやりなさい」と言っているのと同じだと考えた。やらなければ後悔する。怯《おび》えているだけでは何もできない。

「分かりました。都賀へ参りましょう」

角次郎は言った。

「まことか。それはありがたい」

田所は安堵《あんど》と期待の目を向けてきた。

「寒造りの酒はそろそろ出来上がり、江戸へ運ばれます。不正の糸口を摑《つか》むために尽力をいたしましょう」

それは決意といっていいものだった。

この翌日、嶋津は都賀嵐の買い取り先である料理屋や分限者の隠居所などを廻《まわ》って歩いた。明確な入荷の日にちが分かれば、それが捕縛の機会になるかもしれないと考えたからだ。

主だった買い取り先は、八州屋の者から聞いたのではない。定町廻り同心が動いていることは、できるだけ気付かせたくないと考えていた。そこで酒樽を運ぶ船頭や人足から聞き出した。

まず行ったのは、大島川の東河岸蛤町《はまぐりちょう》にある料理屋だった。中年のおかみから話を聞いた。

「ええ。うちでは例年、都賀嵐は十五樽卸して貰《もら》っています。飲みたいというお客が結構いますからね、もう少し増やしたいんですけど、そうもいかないようで」

残念そうな口ぶりで言った。

「今度は、いつごろ入るのか」

「はっきりした日にちは聞いていませんけど、そう先ではないと番頭さんは話していました」

人気の都賀嵐を仕入れるためには、そうでない地廻り酒も仕入れなくてはならない。そこが厄介だとおかみはこぼした。

「八州屋のやり口だな」

さらに大川河岸の深川相川町《あいかわちょう》の魚油屋の隠居所、そして佐賀町《さがちょう》の船宿などを歩いた。どこもそろそろ入荷するだろうというだけで、はっきりとした時期を口にする者はいなかった。

八州屋は、本所《ほんじょ》深川だけに酒を卸しているわけではなかった。嶋津は浜町《はまちょう》河岸にある大吉《だいきち》という料理屋へも行った。

ここは、二十樽を仕入れていた。初老の番頭が相手をした。やはり明確な入荷時期は知らなかった。ただ一月中には、と言われていると応《こた》えた。だとすれば、そう先ではない。

ただ他に、気になることを口にした。

「都賀嵐については、前にも話を聞きに見えた親分さんがありましたよ」

「回向院門前町の寅造だな」

「そうです。ずいぶんと、いろいろ尋ねられました」

　どこか辟易《へきえき》とした顔になっている。しつこくやられたらしかった。

「詳しく話してもらおうか」

　定町廻り同心として、嶋津は問いかけた。

「あれは、昨年の大晦日《おおみそか》の前日のことでした。八州屋さんの旦那《だんな》さんと、佐柄木屋の利兵衛さん、それに関宿の船問屋野村屋さんから来た番頭さんの三人でご会食をなすったんですよ。どうやら親分さんは、この中のどなたかをつけて、ここへお出《い》でになったらしいんですがね」

「ほう」

　これは面白い話だ。寅造の動きが見えてくる。

「まずは誰が来たか。それからどんな話をしていたか。いろいろと聞かれました。それは私だけではなく、おかみや料理を運んだ仲居もです。お客さんの話なんて、こちらは聞いてなどいないのですよ。ですが隠しているんじゃないかって疑って」

　分かっていることは伝えた。しかし寅造は、それでは満足しなかった。正直に話さなければ、この料理屋を困らせてやると脅したらしい。寅造は翌日の大晦日にもやって来た。

「うちとしても忙しいときでしたから、本当に難渋をいたしました」

そのことは、八州屋にも伝えたとか。

野村屋の番頭が交っていたのならば、闇輸送の打ち合わせだと考えるのは当然だ。寅造は、かなり気を入れて探っていたことになる。

九

角次郎が関宿行の荷船に乗ったのは、朽木からの返書を受け取った翌日の夕刻である。

船着き場へは、善兵衛夫婦とお万季が見送りに来た。都賀へ行くという角次郎の決意を、後になってどうこう言った者はいない。

お万季とおトクは、回向院へ行って新しい守り袋を受け取ってきた。そして守り袋と一緒に船橋屋《ふなばしや》織江《おりえ》の練羊羹《ねりようかん》を二本、差し出した。江戸でも名の知られた上菓子屋の品だから、かなり高いはずだが味は確かだ。

「何かに役立ててくださいな」

とおトクは言った。そのために奮発したのである。

そしてお万季は、船に乗り込む角次郎に結び文をよこした。水面《みなも》を船が滑り始めてから、紙片を広げた。

『無事のお帰りを』

と記されていた。角次郎はその紙片を懐へ押し込んだ。

船は翌日の昼前に、関宿の内河岸に着いた。向かったのは勘定奉行所ではない。城下にある喜多山圖書《ずしょ》の屋敷だった。城内には、監物に近い者もいる。動きを悟られない配慮でもあった。

夕刻まで待った角次郎は、喜多山と面会した。喜多山は恰幅《かっぷく》のいい四十男だが、荒々しい気配はない。言葉を選んで話す律儀そうな人物だ。

ただ角次郎を見る眼差《まなざ》しには、力がこもっていた。一商人として、軽んじてはいない。

部屋には、朽木も同席した。

「そこもとには、世話をかける。田所が伝えた約定について、異存はない。力を尽くしていただきたい」

喜多山は、御用達の件について触れたのである。藩の御用を務める者の選定は、勘定奉行にあることは田所から聞いていた。

朽木は、かなり詳細な絵地図を角次郎の前に広げた。渡良瀬川《わたらせがわ》に合流する思川が描かれ、乙女河岸や日光街道の位置もそれで一目で分かった。

「このあたりが、当家の領地でな。ここに都賀嵐を造る蔵元がござる」

一つ一つ指さしながら、朽木は説明した。代官所の位置や人員、村の名や名主の名などを聞いた。

「それがしも同道したいところだが、それでは意味がない。しかし土地勘のないそこもとでは動きがとれまい。そこで為吉《ためきち》なる老船頭を供にお付けいたす。この者は、信頼できる者ゆえ、もろもろ気軽にお尋ねいただきたい。できることならば、何事でも計らうようにせよと申し付けてござる」

為吉は都賀の村で育った者で、乙女河岸とその周辺にも詳しいとか。

検見《けみ》の済んだ米を、酒の蔵元に回すなどはあり得ない。その前の段階で、年貢の米を引き抜いているはずだった。まずそこらへんを探るのである。

喜多山屋敷に一晩泊まった翌朝、裏門に為吉なる六十歳前後とおぼしい小柄な男が、角次郎を迎えに来た。ごま塩の髪は薄く、顔には小さな染みがたくさんできている。

ただ船頭というだけあって、さすがに両の腕は逞《たくま》しく、足腰もしっかりしていた。

「こちらへ」

連れて行かれたのは、利根川《とねがわ》の西河岸だった。古い船着き場があって、小舟が用意されていた。そこから大河を遡《さかのぼ》ってゆく。

乗り込んだ小舟は上下に揺れる。流れに逆らっての航行だが、押し流されることはない。ぐいぐいと進んでいった。

船頭としての腕は、悪くなかった。

春とはいっても名ばかりだ。吹き抜ける風は冷たかった。利根川を上ってゆくのは、初めてのことだ。彼方《かなた》に赤城山《あかぎやま》の雄姿が見えた。

ここでも大型の帆船や平田船、筏《いかだ》などの姿が多数見えた。江戸川に劣らない、水運の風景だった。

利根川を下ってきた荷船は、かならずしも関宿をへて江戸川を下るとは限らない。鬼怒川《きぬがわ》に入って上り、東北諸藩へ荷が運ばれるものもある。銚子《ちょうし》へ向かうものもあった。

小舟は渡良瀬川から思川に入る。川幅は徐々に狭まるが、川の流れは急になった。

はるか彼方に見えるのは、日光連山だ。

「乙女河岸は、なかなか賑《にぎ》やかですぜ」

と為吉は言う。しかし船上から見える思川の河岸は、田舎びて見えた。

「あれが乙女河岸ですぜ」

指さす先に見えてきたのは、確かにこのあたりでは人家も人の姿も目につく河岸だった。大振りな荷船も停まっている。見上げるような倉庫もいくつかはあったが、関宿とは比べるべくもなかった。

それでも、近くには日光街道の小山宿がある。思川流域では、一番の湊町《みなとまち》であることには変わりがなかった。中心の通りには茶店や旅籠《はたご》だけでなく、各種の商家や伝馬を扱う店もあった。

角次郎と為吉は、船着き場に降り立った。近くでは、接岸した船に荷を運び入れる人足の掛け声が響いている。

「下っ端ですが、杜氏《とうじ》として酒造りに関わっている次助《じすけ》という者がいます。まずはこいつに、会ってもらいます。作左衛門のもとで下働きをしています。中のことを細かく知っています。ただ何かを探ろうとしていると感じたら頑《かたく》なになります。ですからご家中の方は、近寄ることができませんでした」

次助はすでに六十を過ぎている。古くからこの酒造で働いていた。

為吉はその長屋の飯炊きの婆さんと知り合いで、次助と繋《つな》がりができた。朽木はこれまでいろいろと手を回してきたが、他に内情を聞きだせる可能性のある者は摑《つか》めなかった。宇佐および作左衛門は、慎重に酒造りに関わってきていたのである。

「都賀嵐が造られる様子を知りたがっている、江戸からの街道を行く旅人の寄り道。ということにして聞いてください。次助には小銭を与えてありますが、話を聞かれるのを喜んではいません」

と、為吉に念を押された。

酒造の敷地内には入れない。飯炊きの婆さんに頼んで、呼び出してもらうのである。裏門の脇に炭を商う小店があって、そこの店先にある縁台に腰を下ろして次助が現れるのを待った。

やって来たのは、皺《しわ》の深いやや背の曲がった爺《じい》さんだ。頼まれて仕方がなくやって来たといった気配だった。

「済まないねえ、手間をかけて。あっしは都賀嵐が何よりの好物でね。どんなふうに造られているか、話を聞かせてもらおうと立ち寄ったんですよ」

角次郎は気さくに声をかけた。

「どんなって、酒造りはどこでも同じだ。まあうちは、気合いを入れて仕事をしているけどな」

「で、いったい、どれくらいの量を仕込むのかね」

「四斗の樽《たる》で、千四、五百樽ほどじゃないかね」

「ほう。少ないですねえ」

江戸で聞いたのよりは、若干多い。しかしその数字が、何かの証拠になるとは思えなかった。

「それだけ、質のいいものを拵《こしら》えているからさ」

「もう仕上がっているんでしょうね。ひょっとして、もう樽詰めも済んでいたりして」

これは大事な問いかけだ。もし頷《うなず》いたのなら、いつ出荷があってもおかしくないことになる。こうして昼日中、敷地の外へ出られるのは、あらかたの仕事が終わっているからだとも受け取れた。

「今年は寒かったからね。出来のいい酒ができた。楽しみにしているがいい」

爺さんは、返事を避けた。

「次助さんは、甘いものが好きかい。それとも酒好きかい」

「酒は飲むさ。でも甘いものも嫌いじゃあないぜ。まあ砂糖を使ったものなんか、高くて口には入らねえが」

「そうでしょうね。じゃあ、ちょっと食べてみますかい」

角次郎は、振分荷物の中から練羊羹を一本取り出した。それだけで、次助が生唾《なまつば》を呑《の》み込んだのに気が付いた。船橋屋織江だろうが何だろうが、銘柄などは分からないだろう。けれどもこれが何かは、分かるらしかった。

脇差を抜いて、一口分だけ切り取った。

「さあ」

食べろと勧めた。次助は、躊躇《ためら》いがちに手を伸ばした。しかし摑んでからは、すぐに口に運んだ。

表情が強張《こわば》った。頰が痛かったのかもしれない。手で押さえた。

「あ、甘い」

「そうでしょう」

「こんなの、初めてだ」

どこか硬かった顔が、虚心なものになっていた。

「もっと食べませんか」

「う、うん」

「そういえば、酒の樽詰めが済んだかどうか、まだ聞いていませんでしたね」

羊羹を切ろうとした手を、止めた。

「もう半分済んだ。明日、明後日《あさって》には、きっと終わる」

「そうですか。この羊羹は、江戸でも極上品ですよ」

さらに厚切りにして、食べさせてやった。それからだいぶ、口が軽くなった。都賀の米は不作と言われながら、今年仕込んだ酒米の量は、昨年と変わらないことを聞き出した。

出来上がった酒樽は、数度に渡って野村屋の船で乙女河岸から運び出されるそうな。四半刻《しはんとき》（約三十分）にも満たない会話だったが、まずまずの成果だった。

それから角次郎は、為吉に連れられて都賀郡の関宿領内に入った。

田の道がどこまでも続いて行く。藁葺《わらぶ》きの農家が、集落ごとに点在していた。冠雪した日光連山に、早春の日差しがあたっている。

十

早朝、お万季はおトクと連れ立って、回向院へお詣《まい》りに行ってきた。角次郎が遠出をしているときは、毎日欠かさない。旅先での安寧と役目が無事に済むことを祈願するのである。

今度の調べが無事に済めば、大黒屋の商いの様相は大きく変わる。

これまでは、年貢を納めた残りの米や大名家家臣の禄《ろく》米、旗本家の知行米などといったいわゆる商人米が扱う品の中心だった。しかし少量とはいえ関宿藩の御用達となれば、藩米も扱うことになる。仕入れの幅が広がる。

また大名家御用達ともなれば、店自体に箔《はく》がつく。仕入れるにしても売るにしても、商いがやり易くなるのは明らかだった。

隣にできた安房屋の商いは順調だ。何しろ主人峯吉や小僧の愛想の良さは、大黒屋にはないものだった。いつも軽口を言って、客を笑わせている。

このままでは大黒屋は徐々に追い詰められてゆく。

だから角次郎が、危険を冒しても朽木らの依頼を受けようとした気持ちは分かる。不正の中心には佐柄木屋が深く大きく関わっている。これを許し難いという気持ちは、大黒屋のすべての者の中にあった。

「角次郎さんは、どうしているだろうかね」

おトクに問いかけられて、お万季は首を傾げた。おトクはそのまま続けた。

「たとえうまくいかなくったってさ、無事に帰ってきてくれればそれでいい。無事でさえあれば、いっしょに力を合わせて店を興してゆくことができるからね」

「…………」

お万季は頷いた。これには、善兵衛も同じ気持ちに違いなかった。

参拝を済ませた帰り道のことだ。境内には、それぞれの願いを抱えた人たちの姿がうかがえた。

「あっ」

下駄《げた》が道端の石に引っかかった。お万季は足を挫《くじ》いたが、そのとき鼻緒も切れていた。角次郎が買ってくれた新品の下駄ではない。もったいなくて、普段は古い下駄を履いていたのである。

「おやおや、どうしたんだろ」

おトクがしゃがんで、下駄を手に取った。

足首にずきっとする痛みがあったが、お万季はそれよりも遠方にいる角次郎が気になった。何か不吉なことが起こる気がしたからである。

おトクは手拭《てぬぐ》いを裂いて、鼻緒をつげてくれた。しかしそれで帰る気持ちにはなれなかった。

お万季は本堂を指さした。もう一度、参拝をし直そうと伝えたのである。

「そうだね、そうしよう」

母娘二人で、お詣りのやり直しをした。


「これが、関宿藩の代官所ですよ」

と為吉が指さしをした。

角次郎の目の前にあるのは、間口二十数間ほどの長屋門である。古いが、手入れは行き届いている。敷地内には竹藪《たけやぶ》もあった。門前には、長い棒を手にした門番が立ってあたりを見回していた。

都賀十九ヶ村、およそ九千石になる藩の飛び地を支配していた。

「門番にしても、中に詰めている手代にしても、すべて宇佐の息のかかった者たちだ。迂闊《うかつ》に問いかけはできぬぞ」

と朽木が言っていた。

まずは宇佐の本拠地を確かめたのである。角次郎の身なりは、脇差こそ挿しているが、旅の米商人そのものである。野田や関宿の村々を廻《まわ》ったときと同じものだった。

「年貢米を納める倉は、この敷地の中にあります」

敷地の横手へ行くと、かなり大きめな米蔵が見えた。代官所では、四公六民として四千石に及ぶ米を扱うことになる。

「ここだけではありません。納米の折は、他にも倉庫を借り受けます。もちろんその場所も分かっています」

為吉が言った。この程度のことは、元締方もおさえている。

「宇佐と最も親しくしている村名主は何という者か」

「貞八郎《さだはちろう》という、初老の方です。屋敷の中には大きな米蔵があります」

「よし、行ってみよう」

代官所から、一里ほど歩いたところだった。幅十間ほどの川が、傍らを流れていた。清流で、周辺の田はここから水を取る。

「これを下れば、思川に出るわけだな」

尋ねると、為吉は頷いた。

川べりに近い畑で、農婦が大根を抜いていた。継ぎ接《は》ぎだらけの野良着を身に着けている。近くに泥のついた大根が十本ほど置かれてあった。

浅黒い、かさかさとした肌。声をかけると、小前の家の女房だった。

「今年の作柄はよくなかったようですね」

「んだ、もう散々で」

「ではお代官や名主はどうですか。辛《つら》いところを少しは汲《く》んでくれましたか」

「そんなこと、あるわけがね。自分たちは酒飲んでいても、取るものは取ってゆく。おらだちは、逆らえねえだけだ」

　農婦は、代官や村名主をよくは言わなかった。

　年貢の米は代官所ではなく、検見《けみ》を受けぬまま名主の貞八郎の屋敷へ運び入れたとか。

「そこから代官所へ移したわけですね」

「いや。荷船に載せて、乙女河岸へ運んだ。ここらの米は、みなそうだ」

　なぜそうしたのかを、農婦は知らなかった。代官所へ運ぶと、またさらにそこから乙女河岸へ移すことになる。その手間を省いたのではないかと言い足した。

　もっともな話だが、そうだとすると収納の記録はどうするのか。疑いのない代官ならばそれでいいが、相手は宇佐だ。乙女河岸から関宿へ運ばれたのならばいいが、都賀嵐の蔵元のところへ運ばれた可能性もないとはいえなかった。

　村内を歩いて、他にも小前の者たちから話を聞いた。

「名主のところへ納められた米は、河岸にある納屋へ運ばれた。検見にはかけていなかった。運んだ先でやったんじゃねえのかね」

と口にした者もいた。

「うちの米は、代官所へ運んだぞ」

と言った者もいた。他が名主のところだったのでそのつもりでいた。けれども納める四日前に、代官所の手代が伝えてきたとか。この米は、別の日に郷方《ごうかた》藩士の検見を受けていた。

「どっちにしたって、納めなくちゃあならねえものだから、かまいやしねえが」

不思議に思っても、なぜかという問い質《ただ》しなどできない。隣の村へ行くと、そこの米はすべて代官所へ運ばれていた。

その夜は、乙女河岸近くの旅籠《はたご》へ戻って泊まった。そして翌日も、角次郎は貞八郎が名主をする村へ足を向けた。今日は一人だった。

まず行ったのは、屋敷の脇を流れる川端である。川の流れは、かなり速い。手を入れると、痛いほどに冷たかった。その川岸を、しばらく遡《さかのぼ》った。

「あれが名主のところから運ばれてきた米を入れた納屋だな」

押し込めば三百俵くらいは納められそうな建物である。しかし頑丈なものとはいえず、あくまでも仮置き場といった気配だった。

川の対岸にも、田が広がっている。だがそちらは違う村になった。

角次郎は橋を渡って、初めての村に入った。

ここでも何軒か、昨日と同じ問いかけをした。門前払いを食わされる家もあったが、おおむね話を聞くことができた。

さらに川に沿って歩いた。するとこれまで見てきた家よりも、大きめな建物が目についた。ここにも二百俵ほどなら軽く入りそうな納屋があった。

「ごめんなさいまし」

この家では米を仕入れたいと言って、主人を呼び出した。

「初めての問屋さんとは、会わないことにしているんですよ」

と、出てきた中年の女房はそう言った。いかにも迷惑な訪問といった物言いだった。

「まあ、そんなことはおっしゃらず」

角次郎は江戸からの土産だと告げた上で、お万季から預かってきた練羊羹を差し出した。

「名代の品ですよ」

女房は、練羊羹の価値を知っているらしかった。

「ともかく、声だけはかけてみますよ」

と奥へ引っ込んだ。

現れたのは四十半ばの男で、この界隈《かいわい》の百姓代をしている者だった。野田で話したのと同じように、前金を出すから二、三十俵を継続的に仕入れさせてくれと頼んだのである。一軒の小前だけでなく、村ごとに一括でと言い添えている。

「前から付き合いのある、問屋があるからな」

これまでと同じ断られ方をした。

「しかし検見を受けぬ米が、そこの納屋にはかなり収められていたと聞きましたよ。残りが、だいぶあるのではないですか」

さりげない口調で、角次郎は告げた。ここからが正念場だ。この村でも、検見を受けぬまま納屋に収められ、後になって乙女河岸へ運ばれた百俵ほどの米があったのを踏まえた上で言っている。

川を渡った、こちら側の家で耳にしたことだ。

「そんなことが、あるものか」

とまず、とぼけた。いかにも嘘くさい言い方だ。こういうときの白の切り方は、善兵衛の方がよほどうまかった。

「でも、何人からも聞きましたよ。あたしは米を仕入れたくて、村を廻っているんですから」

穏やかに返した。

「ああ。あれは、村の衆で集めた余りの米だな。金にしたくて、地廻りの米問屋に後になって引き取らせたのだ」

百俵もの米である。この村だけが、作柄が良かったわけではない。余り物のわけがなかった。村ぐるみで、米の横流しがされていると確信した。目の前の百姓代も一枚噛《か》んでいるから、こんな言い方をしたのだ。

ただこの考えは、聞き込んだ状況を踏まえた上で、角次郎が推量したものに過ぎない。荷を運んだ船の送り票でもあれば別だが、それを見せてくれとは言えなかった。

このことは、朽木ら元締方に知らせて改めさせるしかなかった。

「その船は、どこのものを使ったのですか」

ついでというふうに問いかけた。これも重要な問いかけだ。だがそれで、男の顔つきが変わった。険しいものになっている。

「どうして、そんなことを尋ねるのか」

角次郎は、脇の下に冷たい汗が湧き出るのを感じた。

「いや。私も仕入れをするようになったら、船で運ぶことになりますからね。それで伺ったんですよ」

めいっぱい明るく言った。

これ以上は、何かを引き出せるとは思えなかった。

「また参ります。仕入れの件、考えておいてくださいまし」

角次郎はそう言って、百姓代の家を出た。

次に行ったのは、川をやや下ったところにある百姓家だ。貧しげな建物で、水呑《みずのみ》百姓のものと思われた。声をかけると、出てきたのは腰の曲がった婆さんだった。

「年貢の検見があった頃の話ですがね。あそこの納屋から、かなりの米が運び出されました。覚えていますか」

「さあ。そういえば、あったような」

「どこの荷船を使ったか、分かりますか」

使った船がどこのものか分かれば、核心に近づけるとの気持ちがある。探索も進められるだろう。

だが婆さんは、首を横に振っただけだった。

川に沿って歩きながら、畑を手入れする者や農家に声をかけた。輸送を知らなかった者や、時期を勘違いする者はあったが、どこの船が使われたか知る者はなかった。

川に橋が架かっている。その袂《たもと》に立って、角次郎はため息を吐いた。

とそのときである。蹄《ひづめ》の音が聞こえた。一頭ではない。道の先に目をやると、侍が乗った四頭の馬がこちらに向かって来るのが見えた。

「あれは、代官所のものではないか」

すぐに察しがついた。村を探っていることを気付かれたのだ。あの百姓代が、知らせたのかもしれない。皆、襷《たすき》がけをしている。

自分を捕えようとしているのに違いがなかった。

場合によっては、命を奪おうとするかもしれない。ここは敵陣の真っただ中だ。捕えられるわけにはいかなかった。

田の道を逃げても追いかけられる。角次郎は川面《かわも》に目をやった。すると朽ちかけた船着き場が目に入った。小舟が一艘《そう》、舫《もや》ってある。新しい舟ではない。古いものだが、構ってはいられなかった。

土手から駆け下りて、乗り込んだ。脇差で艫綱《ともづな》を切った。櫓《ろ》を漕《こ》ぐと、小舟は川面へ滑り出た。

第三話　泥濘《でいねい》の河岸

一

川の流れは速かった。侍の乗った馬は、土手をしぶとく追ってきたが、蛇行する川に阻まれた。しばらくすると、追っ手の姿はなくなった。

物証を得てはいないが、代官所と貞八郎《さだはちろう》を始めとする村の者らの犯行は疑いようがない。追っ手を放ってきたことも、それを裏付けていた。

具体的に廻《まわ》ったのは二つの村だけだが、他にもあるだろうとは予想がつく。

「複数の村でも行われているとなると、かなりの米が酒に化けていることになるぞ」

というのが実感だ。

角次郎《かくじろう》は、そのまま関宿《せきやど》へ戻った。城下には、すでに夜の帷《とばり》が下りている。喜多山《きたやま》図書《ずしょ》の屋敷へ駆け込んだ。

すでに喜多山は屋敷にいた。朽木《くちき》が呼び出された。

酒造で次助《じすけ》という老人から聞いたこと、都賀《つが》の村々で見たこと聞いたこと、そして追っ手をかけられた顚末《てんまつ》まで詳細に伝えた。

「やはりな」

喜多山は頷《うなず》いた。分かっていたことが、より具体的になった。

「その米のことは、元締方として正式に調べを入れることにいたそう」

朽木が応じた。

ただ、村に入った不審者が元締方の手先だと考えたら、証拠になる書類などはすべて燃やされてしまうだろうと思われた。そういう意味では、怪しまれたのは不覚だった。

「次助なる者の話だと、数日の内にも酒が運び出される気配だな」

続けて喜多山が口にした。

「いかにも。正式な荷には、送り票がありまする。一つ一つ、数を確かめることにいたします」

関宿の水関所には、早朝から夜中まで、次から次へと荷船がやって来る。酒樽《さかだる》を積んだ船は、すべて改めると朽木は伝えたのである。

「樽や薦《こも》には、通常酒の銘柄が印付《つ》けされています。しかし不正の酒ならば、都賀嵐の印付けは必ずしもなされていないかもしれませぬ。通過するすべての酒を、あたります」

これは大仕事だ。だが藩としては、水関所でならば憚《はばか》ることなくできる。朽木の意気込みが伝わってきた。

「見過ごせば、来年まで待たねばなりませぬからな」

「いかにも」

朽木の言葉に、喜多山が頷いた。

「ならば私も、調べの中に加わらせていただきましょう」

もう、都賀へは戻れない。村を歩き回って、顔を知られてしまった。

「そうしていただこう」

藩内には、監物《けんもつ》に与《くみ》する者もまだ残っている。調べの手を増やさなくてはならないが、誰でもいいというわけにはいかなかった。

角次郎は夜のうちに、江戸川《えどがわ》の西河岸にある水関所の陣屋内に移った。朽木ら元締方の者たちも同様である。都賀嵐の樽詰めは、今日あたりから行われている。

「早ければ明日の早朝にも、関宿を通るやもしれぬ」

朽木は言った。

水関所は、夜でも篝火《かがりび》が焚《た》かれている。番士の声が川面に響いていた。十五石の平田船が、艪音と共に近づいてきたところだ。

「船端へ寄せろ。もたもたするな」

番士は、容赦のない口調で船頭に告げる。

船着き場の近くには、突く棒に刺叉《さすまた》、袖搦《そでがら》みといった捕物道具の他に、弓や鉄砲が並べられている。火は付けられてはいないが、遠見提灯《ちょうちん》や高張提灯などもあった。事が起こった場合の、急を知らせる鐘も用意されていた。

篝火の赤い炎が、それらを不気味に照らしている。

番頭や平番、足軽などが交替で番をした。明朝からは、これに元締方が加わる。三人の番士が、平田船の荷を龕灯《がんどう》で照らしながら中身を改めている。

番士の一人は、竹槍《たけやり》を持っていた。俵物の場合は、これで突いて中身を確かめる。型崩れを嫌がる船頭は、突かれる前に中身を開く。

調べが済むと、関所番は荷送り票に調べ済みの印を捺《お》す。

また新たな荷船がやって来た。

「さあ、こちらへ」

朽木が手招きした。通されたのは、陣屋の一室である。すでに何組かの寝床が用意されていた。

鼻緒を切らせたお万季《まき》は、胸騒ぎを感じた。それはときがたっても、消えなかった。

「大丈夫だよ。お詣《まい》りをし直したんだからさ」

おトクがそう言った。おっかさんは口に出さなくても、こちらの気持ちが分かる。慰めてくれていた。

「いらっしゃい。おや、おかみさんの櫛《くし》は、お似合いですねえ。ぴったりだ」

隣から、峯吉《みねきち》の声が聞こえてくる。白々しいお愛想でも、平気で口にする。

「いやだねえ、それほどじゃあないよ」

言われた女房は、まんざらでもない声で応じていた。

同じ値で売っているわけだから、どちらで買っても同じはずだが、新規の客は安房《あわ》屋へ行く。しかし古くからの客は、大黒屋《だいこくや》へやって来た。

「あんなお調子者の店に負けちゃあいけないよ」

と励まされる。

角次郎が婿に入ってから、大黒屋は生まれ変わった。おとっつぁんもおっかさんも、生き生きしてきた。そして自分も、明るくなってきたと感じている。

何かの折に、はっと声を出そうとしている自分に気が付く。じいちゃんを傷めつけたやくざ者に、とてつもない怖れを感じた。

特に若い男の人が怖かった。

だが角次郎は、そういう者たちとは明らかに異なっていた。若い男でも、いろいろな人がいる。そういうことが分かってきた。

また武家の出でありながら、商いに対する気力には並々ならぬものがあった。その働きぶりを見ていると、立派だと思う。

都賀へ向かったとき、船着き場で見送りをした。結び文を渡したが、あのとき角次郎の名を呼びそうになった。結果としてはできなかったが、声が出せそうな気がしたのである。

内側にばかり向いていた自分の心が、あの人のお陰で外に向くようになった。角次郎は、今や掛け替えのない存在だ。

無事に帰ってきてほしい。それが一番の願いだが、今朝は鼻緒が切れた。

前に角次郎が関宿へ出向いたとき、冤罪（えんざい）で牢屋（ろうや）へ入れられた。あのときも胸騒ぎがしたのである。おとっつぁんと関宿へ出向き、代わりに牢屋へ入った。そのことで、角次郎は疑いを晴らすことができた。

牢屋へ入ることには怖れがあったが、それは超えた。役に立てたのが嬉《うれ》しかった。

そして今度も、角次郎の身に何かが起こるのではないかという気がした。あるいは、すでに起こっているかもしれないとも思う。

「私が関宿へ行ったからといって、何ができるかは分からない」

胸の内で呟《つぶや》いた。それでも、何もできないわけがないと考えた。必死になれば、どうにかなる。それを教えてくれたのは、あの人だ。

「夫婦なのだから、助け合うのはあたりまえでしょ」

声は出ないけれど、いつだって心の中では角次郎に語りかけてきた。

昼飯のとき、お万季はおとっつぁんとおっかさんの前で、膝《ひざ》を揃えて座った。そして用意してきた紙片を差し出した。


『関宿へ　行かせてください』


と書いたものである。

「そうくるだろうと、思ったよ」

文字を読んだ善兵衛《ぜんべえ》はそう言った。おトクも頷いている。

「都賀はともかく、関宿までならばいいかもしれない。何かがあれば、役に立てるからな。あそこならば、朽木様もおいでになる。木村《きむら》屋のお泰《やす》さんもいるからな」

お泰というのは、書の師匠長谷川洞泉《はせがわどうせん》のところで同門だった者だ。前に関宿へ行ったとき力になってもらった。

「店があるからな、私はいけないよ。行くならば、お万季が一人だ」

善兵衛は続けた。

お万季は頭を下げた。それは承知の上だ。今店を閉めたならば、安房屋、いや佐柄《さがら》木《き》屋の思う壺《つぼ》である。

さっそく支度をした。今日の内にも、六斎船に乗る。

とはいっても、物見遊山に出かけるのではない。荷は風呂敷《ふろしき》包み一つだけだった。

履物は、とりあえず草鞋《わらじ》だ。けれども風呂敷包みの中には、角次郎が買ってくれた桐下駄《げた》を入れていた。

夕方、お万季はおトクに送られて、両国橋《りょうごくばし》下の船着き場に立った。

「気をつけてお行き」

お万季は船に乗り込んだ。川風は冷たいが、寒さはまったく感じなかった。

二

水関所のすぐ北側には、利根川《とねがわ》と分流したばかりの江戸川に流れ込む権現堂《ごんげんどう》川がある。ここからも荷船がやって来た。江戸川は利根川よりは幅がないが、それでも大河であることには変わりがない。

利根川や権現堂川から入って来た船は、関宿をへて江戸川を下るが、それら多数の船を一隻ごとに調べることは、船着き場の数や番士の人員の面で問題があった。調べが滞っている間に、抜けて行ってしまう小舟もあったからだ。

そこでこれらを防ぐために、文政《ぶんせい》五年（一八二二）になって関所の北に両岸から突き出した一対の堤防が築かれた。川幅をここだけ狭めたのである。これを関宿の棒出しと人々は呼んだ。

荷船の勝手な通行を防ぐことができるようになったが、効能はこれだけではなかった。水量を一定に保つことができるので、下流水域の水害が緩和された。

ただそれでも、活況を呈する輸送の船に調べを入れて通行させることには並々ならぬ労力がかかった。そこでこれまでは、仕事の一部を関宿の船問屋に委嘱していた。

野村《のむら》屋や木村屋といった、大店《おおだな》へである。しかし野村屋が、佐柄木屋と結託して闇船を動かしているのは、今となっては明らかとなった。

すぐにも役を免じたいところだが、確証を得たわけではない。また監物一派の後ろ盾もあって、そこは思い通りにいかずにいた。

ただ、だからといって、看過するわけにはいかなかった。

「あやつらが調べたのでは、何の意味もない」

との声は、元締方すべての者の思いを伝えている。そこで米に関しては、水関所の番士が関わることを、勘定奉行喜多山圖書の名で通達した。昨年の蔵奉行栗橋織部《くりはしおりべ》の不正《しょう》が明らかになった直後からのことだ。

そして今度は、米の他に酒についての調べも同じ扱いにした。いや酒については、元締方も加わることになった。

「ただな、他の荷の中に酒を隠していることも考えられるぞ」

という意見もあった。角次郎にしても朽木にしても、それには同感だった。結局は、すべての船に監視の目を光らせなくてはならなかった。

三百石積みの高瀬舟が、朝靄《あさもや》を割って近づいてきた。そして水関所前の船着き場に、船体を寄せた。

白い帆は既に下ろされていて、水手《かこ》たちが太い杭《くい》に艫綱《ともづな》をかけた。その掛け声があたりに響いた。渡良瀬川《わたらせがわ》から利根川をへて関宿へ入ってきた船である。

その横では、少し前に入った百石積みの荷船が調べを受けている。空はまだ明け切ってはいない。東の彼方《かなた》にある雲が、朱色に染まっていた。

関所の番士三名の他に、元締方の侍と角次郎が高瀬舟に乗り込んだ。朽木は前の百石積みの船で荷の改めを行っていた。

高瀬舟の後ろには二十石積みの平田船があって、船着き場が空くのを待っている。思川《おもいがわ》から来た船だけを調べるのではない。どこかの河岸で、他から来た船に積み替えている虞《おそれ》もあった。

乗り込んだ番士の一人に、船頭は荷の送り状を示す。

「米四百俵、酒樽《さかだる》八十、他に煙草、茶、青苧《あおそ》、鹿皮……」

番士の一人が、荷を読み上げる。米だけ炭だけの荷もないわけではないが、大型船はおおむね様々な品を運んでいる。載せてきた場所もいろいろだ。

番士はまず船底へ降りて、米俵を改める。一つ二つとすべてを数えるわけではなかった。全体の大きさを見て数量を推し量るのである。

「長いこと関わっていれば、十俵と違《たが》えることはござらぬ」

番士は言った。米に関していえば、角次郎もおよその見当がつく。ただ酒樽となると、やや事情が変わった。あやふやになる。しかし酒樽に詳しい者もいた。またにおいに敏感な者もいる。外からかいだだけで、都賀嵐かそうでないか、印附《いんぷ》に惑わされずに判断できる者もあったのである。

「地廻り酒は、荒々しいだけでふくよかさがない。また酸味が強すぎたり、苦みを感じさせたりするものも少なくない。しかし都賀嵐にはそれがないので、すぐに分かるのでござるよ」

酒に弱い角次郎には、どうにもならないところだ。

ただ他の荷の陰に隠していることも考えに入れた。面倒がる水手を急《せ》き立てて荷を移動させ、中を改めた。角次郎はこの部分を受け持った。

一隻が終わると、次の船が待っている。手分けをして行っているが、休む暇などなかった。日が高くなるにつれて、到着する船の数が増えていった。

「数が合わぬではないか」

甲高い声が上がる。送り票の数と合わないものや、荷の種類が違うこともたまにはある。酒ではないからと、通すわけにはいかない。

大がかりにはやらなくても、不正を行う者はいる。その分だけ、手間が増えた。交替で休憩を取る。しかし順を待つ船を見ていると、おちおち休んでいるわけにはいかなかった。

「水関所の番人というのは、なかなかにたいへんだ」

これが一日目の角次郎の感想だった。

とっぷりと日が落ちた頃、ようやく行き過ぎる船の数が減った。角次郎は晩飯のために陣屋へ戻った。元締方の者が交替で食事をする部屋へ入ったのである。するとそこへ、おおぶりなおひつを持って、女がやって来た。

その顔を見て、角次郎は声を上げた。

「お万季じゃあないか」

初めは見間違えたのかと思った。だがどこで見ようと、間違えるはずのない顔だった。

向かい合って座って、まじまじと見詰め合った。お万季の顔に、安堵《あんど》があった。

「おれは、大丈夫だぞ」

角次郎は声をかけた。何があったかは分からないが、お万季は自分の身を案じたのだと察せられた。六斎船に乗ってしまえば、女一人でも関宿まで来られる。しかしそれにしても、お万季は大胆なことをすると思った。

「朽木殿を訪ねて、ここにおれがいることを知ったのだな」

そう尋ねると、お万季は頷《うなず》いた。朽木は前にもお万季と会っているから、声が出せない事情を知っている。それでここで手伝い仕事ができるように、取り計らってくれたのだと思われた。

懐から紙と矢立を取り出した。さらさらと文字を書いた。

『あなたのお役目が済むまで　ここでお手つだいをしながら過ごします』

と記した。

そこへ朽木が姿を現した。

「この前のことといい、今度といい、健気《けなげ》な心根ではないか」

と言った。

関宿へ着いたお万季は、まず勘定奉行所へ行きそこから水関所までやって来た。声を出せない身としては、それだけでも大変だったろうことは聞かなくても分かった。

「この前のこと」とは、身代わりに入牢《じゅろう》した一件をさしている。

「はい。その通りで」

角次郎は応《こた》えた。お万季の給仕で、二人は食事を始めた。

食べながら、ここで調べをしているわけを話した。関宿へ下った理由は知っているから、すぐに要点は摑《つか》んだらしかった。

わずかに考えるふうを見せてから、お万季はまた紙と筆を手に取った。今度は少し長く文字を書いた。

『都賀からの荷船を江戸川には入れず　そのまま利根川を進ませる手があります
　途中で陸路に　そして江戸川まで移してから　再び船に載せて江戸へ
　お泰さんから、聞いたことがあります』

角次郎には、この意味がすぐには分からなかった。お泰は船問屋木村屋の若おかみだから、このあたりの水運に詳しいのは理解できる。紙を朽木に手渡した。

箸《はし》を膳《ぜん》において受け取ると、目を走らせた。

「おお、なるほど」

朽木の顔つきが変わった。うっかりしていたが、言われてみればそうだといった気配である。

「どういうことですか」

角次郎が問いかけると、朽木は文字から目を離した。そしてお万季から紙と筆を借り受けた。

「これが利根川です。そしてこれが、江戸川。二つの繫《つな》がるところが関宿でござる」

紙に書かれたのは『入』という文字を大きくした形だ。一画目の最後が銚子《ちょうし》、二画目の最後が江戸ということらしい。

「利根川上流からの荷船では、考えられない経路でござる。だが鬼怒川《きぬがわ》や利根川下流からの物資では、費えは掛りますが、珍しいことではござらぬ」

朽木は紙に、鬼怒川を書き足した。

銚子から外海を通って江戸へ物資を運ぶ水運は、荒波が多く危険ということで、多くの荷船は利根川を上る。関宿をへて、江戸川を使って江戸へ向かう。遠回りのように見えるが、破船をしてしまっては元も子もない。

そこで安全な経路が選ばれたのである。

ただ少しでも早く、また関宿経由という手間を省きたいという考えの者も現れた。そこで関宿まで行かない途中で、いったん荷を揚げ、陸路で江戸川の河岸まで運ぶという手立てが講じられるようになった。特に生鮮品では珍しいことではないと、朽木は説明した。

この経路は後に掘削され、利根運河となる。しかしこのことは、まだ知る由もない。

「鬼怒川からの荷も、同様でござる。ただこれは、利根川を下って来た船では考えられない経路でしてな、そこで失念していたのでござる」

「手間は掛るが、水関所の調べを受けずに江戸へ運べるというわけですね」

ようやく角次郎は、話の中身を理解した。

「いかにも、野村屋が考えそうなことだ」

だがそれは、必ずそうなるとはっきりしたわけではない。しかし運ぶ側からすれば、それ以上に有効な手立てがあるとは思われなかった。

「陸揚げするのは、三《み》ツ堀《ぼり》河岸あたりだな。江戸川で載せるのは、野田下《のだしも》河岸あたりか」

朽木が具体的な河岸の名を挙げた。そこで角次郎も、陸路輸送についてどこかで聞いたことがあるのを思い出した。三ツ堀河岸と野田下河岸の間には、輸送に使える道もある。

それより川下にも河岸はあるが、大量の四斗樽《しとだる》となると、陸路はできるだけ短くしたいところだろう。

「ただあのあたりは、関宿藩領ではないからな」

朽木は腕組みをした。

武装した一隊を、河岸付近に長くは置けないと言っている。さらに都賀からの酒樽が、関宿を通らないという断定もできなかった。

水関所での調べも、継続しなくてはならない。

「では朽木殿に、三ツ堀河岸に詰めていただくというのではどうでしょうか。川上から来た船が酒樽を大量に下ろせば、すぐに分かります。そこで知らせの文を書き、配下の者に馬を使ってここまで伝えさせる。陸路の荷運びは、手間がかかりますからな。その間に我らは急ぎ江戸川を下って、船積みをする前に捕えるのです」

「なるほど。それならばいけそうだな」

角次郎の言葉に、朽木が頷いた。

食事が済んで、お万季が茶を淹《い》れてくれた。関宿へやってきて、元締方さえ思いつかなかった意見を述べた。これには驚いた。仮に外れていたとしても、あらゆる可能性を探るのは大切だった。

三

都賀嵐の出荷は、今日にも行われたかもしれない。こちらは明日出発、というわけにはいかないと考えられた。

朽木はさっそく、馬の扱いがうまい小者を選び出した。常吉《つねきち》という小柄な三十男だ。

いた。水関所から二人は抜けた。

「お役に立てるならば、うれしいですぜ」
猿のような顔をほころばせた。長く元締方で下働きをしていたから、気心は知れていた。水関所から二人は抜けた。

奉行所の馬は使わない。喜多山が私邸で飼っているものに乗り込んだ。
駒音を立てて、闇の河岸の道を走った。満天に星が瞬いている。川面《かわも》には、航行する荷船の明かりが見えた。

三ツ堀河岸へ着いたのは、その夜のうちだ。三、四十軒ほどの人家と船頭相手の小商いの店が十軒ほどある集落だ。荷を運ぶ馬や人足の手当てをする店が、一番の大店《おおだな》である。川漁師が住んでいるという話も、朽木は聞いたことがあった。

とはいっても、明かりを灯《とも》している家など一軒もなかった。河岸の道を走ってきたからこそ、辿《たど》り着けた場所だった。

船着き場に近い船具小屋に入った。住人を起こすわけにはいかない。
「今はいなくとも、いつ現れるか分からぬからな」
寝てしまうつもりもなかった。交替で休みながら、見張ることにした。
耳を澄ましていると、川の流れる音が聞こえる。まれに行き過ぎる船があるが、河岸に近づく気配はなかった。

隙間風が吹き込んでくる。それはかなり冷たかった。

「まあ飲め」

瓢箪《ひょうたん》に酒を入れてきた。寒さしのぎである。都賀嵐ではなく、地廻《じまわ》り酒だ。

「へい」

常吉は喉《のど》を鳴らした。

三ツ堀河岸で荷を下ろす船は現れないまま、朝になった。船着き場を見渡せる茶店を兼ねた飯屋の二階を借りることにした。常吉が話をつけてきた。そこで温かい朝飯を食べた。

一息ついた。

夜具もある。まずは常吉を寝かせた。酒を体に入れても、小屋の中は寒かった。二人は一睡もできなかった。

部屋の戸を三寸ばかり開けて、朽木は船着き場やその周辺に目をやる。頭の芯《しん》に微《かす》かな痛みがあったが、眠いとは思わなかった。

利根川を行き来する船の数は、江戸川のそれに劣らない。また川下から上る船は、銚子から来たものとは限らなかった。鬼怒川を下ってきたものも、かなりの数であるはずだった。

一刻《いっとき》（約二時間）ほど見ていると、川下から来た百石積みの高瀬舟が河岸に入り込んだ。米ではない俵物を積んでいた。それが五、六十下ろされた。荷車が数台現れて、これに積み上げられた。

がらがらと車の音が、周囲に響いた。江戸川への道を進んで行く。ここで新たに積まれる荷もあった。

さらにしばらくすると、今度は陸路をへて運ばれて来た荷が、船着き場へ積み上げられた。待っていたように川上から平田船が現れて、これを積み込んだ。

そしてまたすぐに、川下から船が現れた。酒樽を積んだ船だった。三十樽ほどを下ろした。待ち構えていた人足が、荷車へ積み込む。

酒樽ではあるが、朽木は動かない。都賀嵐は、川上からやって来る。それ以外の酒に、用はなかった。

少し眠くなってきた。日もだいぶ高くまで昇ってきた。こっくりしかけたところで、船着き場から話し声や掛け声が聞こえてきた。

醤油《しょうゆ》樽が、二百石の船に運び上げられていた。

「小さな河岸だと思っていたが、意外に活気があるな」

呟《つぶや》きが出た。

荷の積み下ろしがなくても、船が立ち寄る。船頭や水手《かこ》が、食事をしたり休憩を取ったりするからだ。昼飯どきには、かなりの船が集まって来た。

「旦那《だんな》、代わりましょう」

目を覚ました常吉が声をかけてきた。

「何かあったら、すぐに起こせよ」

と言い残して、寝床に入った。すぐに眠りに落ちた。

そうやって、交替で見張った。三ツ堀河岸での荷の積み下ろしは、少なからずあった。長屋があって、ある程度の人足が住み込んでいることも分かった。

逗留《とうりゆう》する飯屋では、夜になると酒を飲ませる。旅籠《はたご》代わりに、人を泊まらせる家もあると聞いた。

しかし川上からの船で、酒樽を下ろすものはなかった。

逗留して三日目、この日は夜明け頃から雨が降った。霧のような雨だが、やむ気配はまったくなかった。

霖雨《りんう》にけぶって、対岸が見えない。いきなり船が船着き場へ現れて、驚くことが何度かあった。

日が落ちるには、まだ間のある刻限のことだ。朽木が、船着き場を見張っていた。

「本当に、荷はここを通るのか」

やや疑問を感じ始めていた。酒樽はすでに、関宿を通り過ぎてしまったのではないか。ふっと、そんな気持ちに襲われた。

そこに、思いがけず大きな高瀬舟が接岸した。三百石積みで、舳先《へさき》は川下に向いている。

はっとして、目を凝らした。

雨にもかかわらず、空の荷車を引いた人足が集まって来る。その数は、二十台をはるかに超していた。腹の底が、一気に熱くなった。

船から船着き場に板が渡された。頑丈な厚い板である。

「おおっ」

運び出されてくる荷を見て、朽木は声を上げた。四斗の酒樽だったからだ。

さらに船上に目を凝らした。

樽を運び出す人足の他に、蓑笠《みのかさ》を身に着けた三人の姿が見えた。一人は二十代後半とおぼしい商人で、初めて見る顔だった。そして後の二人は腰に二刀を差し込んでいた。

片方は、二十代前半の見覚えのない者である。しかしもう一人の方は、年の頃四十前後。忘れるはずのない顔だった。関宿藩士である。都賀の代官所手代、服部久兵衛《はっとりきゅうべえ》だった。身分は下士で、お役目の上では朽木との関わりはない。しかし都賀代官所の中で、顔を知らない者は一人もいなかった。宇佐の片腕として働いている男だ。

「おい、起きろ」

常吉の体を揺すった。そして刀を腰に差し、段梯子《だんばしご》を駆け下りた。

船着き場周辺は、荷車でごった返している。朽木は飯屋の木看板に身を寄せて、間近からその様子を見た。

酒樽は次々に運び出されてくる。そしてすぐに荷車に積み込まれた。荷車の大きさには、多少の違いがある。それでも十四、五樽から二十樽が載せられた。

しめて三百樽ほどになると思われた。

朽木は荷車を引こうとする人足の袖《そで》を引いた。雨に濡《ぬ》れることなど、気にもならなかった。

「荷は、どこへ運ぶのか」

「野田下河岸ですぜ」

人足は、悪びれずに言った。運ぶ荷が、不正の品だとは思っていないようだ。これを聞いた朽木は、飯屋の二階へ駆け戻った。

関宿の水関所へ文を書いたのである。

『荷は三百　野田下河岸へ』

文字はこれだけだ。それで充分伝わる。これを丁寧に、油紙に包んだ。

このとき常吉は、すでに蓑笠を着け終えいつでも馬を出せる状態にしていた。

「これを元締方へ」

「承知」

文を懐深くに押し込むと、常吉は馬に跨《また》がった。馬腹を蹴《け》ると、馬は泥濘《でいねい》を蹴って走り出した。

これを見送った朽木は、飯屋へ戻った。すでに体は濡れていたが、それでも蓑笠を身に着け、腰に刀を差し込んだ。その状態で、酒樽《さかだる》が荷車に積み終わるのを待った。

「行くぞ」

声が上がった。

荷車が動き始めた。先頭に立ったのは、先ほど船上で顔を見た商人と服部久兵衛だった。

間を空けず、荷車は進んで行く。もう一人いた侍の姿は、見当たらなかった。荷の陰になって見過ごしたのだと思われた。

最後の荷車が、船着き場を離れて行った。用心棒らしい侍が、しんがりに三人ついた。そのうちの一人は、顔に見覚えがあった。

野村屋に出入りしている用心棒だった。

その集団からやや離れて、朽木は後をつけた。雨はまだ、やむ気配がなかった。

文を懐にした常吉は、馬を急がせていた。ほんの少しでも早く着きたい、そういう気持ちだった。

元締方や角次郎らには、荷車の一行よりも先に野田下河岸に着いていてもらわなければならない。荷が船出した後では、これまでの苦労は水の泡となる。

開いた目に、雨が入ってくる。それを拭《ぬぐ》うのも忘れて、再度馬腹を蹴った。

河岸の道も川面も、雨にけぶっている。だが道は、間違えようがなかった。

ふと、背後から何かが聞こえた。何かと思うと、駒音だと気が付いた。自分を追いかけて来ているようにも感じられた。

「いったいなんだ」

と思ったが、走るのをやめるわけにはいかなかった。

後ろの馬が、少しずつ近づいてきた。

四

水関所の元締方の陣屋へ文が届いたのは、あたりがだいぶ薄暗くなった頃である。雨は止まない。だから余計に、暗くなるのが早いと角次郎は感じていた。

文を運んできたのは、常吉ではなかった。人足ふうの男である。

「お武家さんに、頼まれやした」

受け取った元締方の者が不審に思って尋ねると、男はそう応《こた》えた。朽木の名も常吉の名も、口にはしなかった。そしてすぐに引き上げて行った。

角次郎や元締方の者が集まった。文には、やや癖のある文字で次のように記されていた。

『荷は三百　野田北河岸』

ほぼ、予想通りの数量だ。しかも筆跡は、見慣れた朽木のものだった。朽木からの文だと判断した。

「やはり、三ツ堀河岸に現れたか」

「では急がねばなるまい」

一同は浮足立っていた。文の筆跡に、疑問を差し挟む者はいなかった。

探し求めていた都賀嵐の酒樽が、とうとう現れた。そのことに気持ちが奪われている。事実ぼやぼやしてはいられない。急ぎ向かわなければ、一行を取り逃がしてしまう虞《おそれ》が大きかった。

酒樽は、三ツ堀河岸から野田北河岸まで、荷車で運ばれる。雨の泥濘の中で運ぶのには、それなりの手間がかかるだろうとは予想がつく。しかし関宿から向かうには、それなりのときを要する。

馬で駆けつけるという手もないではないが、川に逃げられた場合には追跡が利かない。船を使って出向くという打ち合わせになっていた。

野田北河岸は、野田でも関宿に近いあたりだ。野田の河岸といっても、一つだけあるのではない。それでも一刻《いっとき》ほどは、見込んでおかなくてはならなかった。

用を足した朽木からの文は、畳の上に残された。一同は蓑笠を着け、腰に刀を差した。角次郎も、脇差を差し込んだ。

出される船は二艘《そう》、それぞれに侍と小者が乗り込んだ。

お万季が、見送りに出てきた。声は出せない。眼差《まなざ》しが、気をつけて行けと言っていた。

「案ずるな。不正の者たちを、捕えてくるぞ」

と角次郎は言い残した。

霖雨の夕暮れ、元締方を乗せた二艘の船が、水関所前にある船着き場を滑り出た。

一同を見送ったお万季は、陣屋内にある神棚に両手を合わせた。

角次郎はもちろんだが、元締方すべての者が無事に役目を果たせますように。そう祈願したのである。元締方の者たちは、声を出せない自分を厄介がったり邪魔者扱いしたりすることはなかった。

三ツ堀河岸にいる朽木や常吉の無事も願った。

ただ一人残された詰所の中で、お万季は妙に落ち着かない気持ちになっていた。得体の知れない不安が胸を覆っている。江戸で回向院《えこういん》へお詣《まい》りに行ったとき、下駄《げた》の鼻緒が切れたことを思い出した。

　つい先ほどまで角次郎らがいた畳の部屋に入った。下に紙片が落ちていて、そのままになっているのに気が付いた。

　その紙片を手に取った。朽木から送られてきた文だと、文字を目にしてすぐに分かった。

「まあ」

　筆跡を目にして、胸の内で呟《つぶや》いた。違和感が胸に兆したのである。

　お万季は再び、一つ一つの文字に目をやった。朽木の筆跡ならば、よく知っている。そして指先が、ぶるっと震えた。

「この文は、偽物だ」

　と、感じたからである。

　特徴をよく似せている。しかしそのために、勢いのない文字になっていた。朽木らしい闊達《かったつ》さが、微塵《みじん》もなかった。お万季自身も、長谷川洞泉のもとへ通って書の修業をした。似せた文字を書くのにも熟達したが、それは同時に偽書を見抜く目も養っていたのである。

「このままにはできない。この偽書には、きっと何かのからくりがある」

と考えた。

角次郎らは、船で野田北河岸へ向かった。敵が待ち伏せているのか、それとも間違った荷置き場所を伝え、こちらを撹乱《かくらん》しようとしているのか。

なんであれ、このままにしておくことはできなかった。けれども野田北河岸がどこなのか。見当もつかない。

そこで関所の番頭《ばんがしら》のところへ行った。先ほどの文に、お万季は文字を書き加えて差し出したのである。

『この文は朽木様のものではあらず　必ずや企《たくら》みあり』

中年の番頭は、元締方が出かけたことについて報告を受けていた。必死のお万季の眼差しを見て、頷《うなず》いた。

「野田北河岸へ行って、伝えるがよかろう」

関所内の小者に命じて、舟を出してくれた。警護のためにと、侍も一人付けてくれた。

お万季は雨にけぶる夜の江戸川を、川下へ向かった。

先に出かけた角次郎らよりも、四半刻（約三十分）以上遅れている。すでに何かが起こっているかもしれない。舳先《へさき》には、雨用の提灯《ちょうちん》を灯《とも》していた。どうか知らせが間に合ってほしいと、真っ暗な川のゆく手に目を凝らした。

舟は、かなりの勢いで下っている。それだけは分かった。番頭は、腕のいい船頭をつけてくれたらしかった。

ただ闇に覆われているので、土手の景色は見えない。強い風が、体に当たってくるばかりだった。もちろん、寒さなど感じない。

「そろそろ、野田北河岸ですよ」

半刻以上は乗った。船頭の声で、ようやく目的地に近づいたことを知った。

舟が、船着き場へ停まった。お万季は、舳先にある提灯の柄を手に取った。そして舟から下り立った。

周囲に人の気配は感じない。しかし角次郎ら元締方の者たちがどこかに潜んでいるのは確かだった。

声を出そうと思ったが、やはりできなかった。そこでお万季は、提灯の明かりを顔に近づけた。潜んでいる者たちは、必ずこちらを注視しているとの判断があったからだ。

角次郎ら元締方を乗せて来た二艘の船は、船着き場のやや離れた土手にある杭《くい》に繋《つな》げられていた。一同は陸に上がり、物置小屋や地蔵堂の中などに入って荷車の訪れを待っていたのである。

「それにしても、おかしいな」

不審はあった。人っ子一人、姿を見かけない。大量の酒樽《さかだる》が運ばれてくるならば、荷を受け入れるそれなりの大きさの船が待っていなくてはならない。けれどもその姿はなかった。

仮にこれから船が来るにしても、誰かが待っていてもよい気がしたのである。また船着き場の周辺を見回して、あまり広くないのもおかしいと感じていた。これでは三百樽もの酒を運ぶ荷車を置けない。

さらに荷を運んで来る陸路の方からは、まったくその気配がうかがえなかった。

「はて」

しばらくして、川面《かわも》の方に変化があった。艪《ろ》音が聞こえてきたのである。荷船がやって来たのかと思ったが、大型船ではなかった。

目をやると、淡い明かりを灯した提灯が見えた。二、三人を乗せるだけの小舟が、船着き場へ着いた。

蓑笠《みのかさ》を着けた女が、舟から降りた。周囲を見回し、提灯を顔に近づけた。

「お万季ではないか」

角次郎が、驚きの声を上げた。信じがたいが、自分の女房の顔を見間違えるわけがない。何か重大な事情があってやって来たのだと分かった。

「いったい、何があったのか」

船着き場へ駆け寄った。

お万季は、きりりとした目をこちらへ向けてきた。そして懐から、紙片を取り出した。詰所で目にした、朽木からの文である。

提灯の明かりが近づけられた。紙は雨で瞬く間に濡《ぬ》れたが、書き足されている文字を読むことができた。お万季の筆跡だ。

「これは、偽書だというのだな」

問いかけると、揺らぎない眼差しを返して頷いた。

「そうか」

角次郎は、文字に関するお万季の判断については、疑いの念を差し挟むことはない。それで野田北河岸に来て感じていた不審についても、納得がいった。

「荷は、この河岸にはこない」

偽書を寄越《よこ》したのは、佐柄木屋の誰かだろう。常吉が馬を駆って知らせに出たのを、気付かれたのだ。そして元締方を足止めさせるために、偽書を寄越したのだと察した。

知らせは、他からも届く可能性がある。その前に、まずは偽書で他の場所へおびき出したのだ。

「分かった。ただちに、他の河岸を当たろう」

朽木が荷運びを目撃したのは間違いない。ならば荷は、必ず江戸川のどこかで船積みされる。

角次郎は、潜んでいる元締方の者たちを集めた。事の次第を伝えたのである。

「お万季は、関宿へ戻るがいい」

そう伝えると、角次郎と一同は二艘の船に乗り込んだ。わずかの間も惜しかった。

こうしている間にも、三ツ堀河岸から来た荷が運び去られて行く気がした。

ただ幸いなことに、野田の河岸については土地勘があった。どこにどういう船着き場があるかは分かっていた。

艪が漕《こ》ぎ出された。一つ一つ現れてくる船着き場に目を凝らしながら、川を下った。二つ三つと、通り過ぎてゆく。中には、明かりの灯っている船着き場もあった。けれどもそれは、酒樽の荷運びのためではなかった。

とうとう野田下河岸の手前までやって来てしまった。

「おお」

だがそのとき、船上の誰かが声を上げた。篝火《かがりび》の明かりを目に留めたからである。

船着き場には、大きな荷船が停まっているのにも気が付いた。

「すでに酒樽は、積み込まれているぞ」

と他の者が声を上げた。

こちらの船との距離は、半丁あまり。船着き場と船を繋ぐ板が、外されるのが見えた。

掛け声が上がって、荷船が滑り出た。白い帆が、するする上ってゆくのが見えた。

「追おう。それしかあるまい」

角次郎は、叫んだ。こちらの船が船着き場を通り過ぎる。まだ篝火は灯っていたが、もうそこに用はなかった。

だが、その船着き場のやや先の土手に、何かが動く気配があった。目を凝らして、それが刀を抜いて争う人の姿だと分かった。

「あれは、朽木殿ではないか」

一人の侍が、三人を相手に争っていた。

朽木は三ツ堀河岸から、荷運びの列をつけていたはずである。そして向こうの用心棒に、気付かれた模様だった。三人に囲まれた朽木の動きは鈍かった。すでにどこかを傷つけられていると見えた。

「船を止めろ」

角次郎は告げた。荷船を追いたいが、今にも斬られそうな朽木をそのままにはできなかった。元締方の者たちも、これに気付いたようだ。

「後の一艘《そう》は、荷船を追ってくれ」

角次郎の乗る船は、土手際ぎりぎりに近寄った。

「行けっ」

刀を抜いた者たちは、次々に陸へ飛び移った。

形勢が逆転した。こちらの数は、相手の倍になる。

「引けっ」

だが敵の対応も早かった。霖雨《りんう》の闇に、駆け込んだのである。

「深追いはするな。荷船を追わねばならぬ」

朽木が叫んだ。反論する者はいない。朽木は左の二の腕を斬られていた。ただそれは浅手だった。手早く止血をすると、船に担ぎ込んだ。

すべての者が乗り込むと、再び船は闇の川面を進んだ。

酒樽が積み込まれたのは、二百石の帆船だった。すでにその姿は、まったく見えない。それでも川面を、追いかけて行く。

野田北河岸で、無駄なときを過ごしてしまった。ただお万季のお陰で、朽木の命を救うことはできた。今の段階では、それだけでも良しとしなくてはならなかった。

江戸川は広いが、向かう先は分かっている。船上にいる者で、怯《ひる》んでいる者など一人もいなかった。

五

夜明け前から降り始めた霖雨が、江戸の町を濡らしていた。雨の割には明るい。嶋《しま》津《づ》は、三日ぶりに深川《ふかがわ》へ出て、八州《はっしゅう》屋から都賀嵐を仕入れている小売り酒屋を訪ねた。

受け持ち区域内の商家で積み荷が崩れて、怪我人が出た。怪我をしたのが質《たち》の悪い破落戸《ごろつき》で、悪辣《あくらつ》な強請《ゆすり》を受けた。怪我をさせたのには、商家側に非があった。だからその対応に手間がかかって、大川《おおかわ》を東へ渡ることができなかった。

ようやく片がついて、探索を再開したのである。

まず一軒目が、永代橋《えいたいばし》東橋詰に近い相川町《あいかわちょう》の相馬屋《そうま》という店だ。十樽を仕入れている店だ。初めから大きな期待はしていない。ただ些細《ささい》なことでも、何かが気持ちに引っかかれば、そこを糸口にして新たな調べに繋《つな》がることがある。

定町廻《じょうまちまわ》り同心になって、身についてきたことだった。だから相馬屋で取り立てての話を聞けなくても、がっかりなどはしない。次に廻った。

永代寺門前仲町《もんぜんなかちょう》の春木《はるき》屋という店だ。深川馬場《ばば》通りにあった。雨とはいっても、通行人の多さはいつもと変わらなかった。

番傘に雨が当たる微《かす》かな音が聞こえた。一ノ鳥居の下を潜ると、すぐに木看板が見えた。間口五間、店先にいろいろな銘柄の酒樽が並べられている。

「ええ、うちは都賀嵐だけでなく、地廻り酒の多くを八州屋さんから仕入れさせてもらっています。都賀嵐は人気の酒ですからね、待ち遠しい気持ちで待っているお客さんが多数いますよ」

出てきた番頭は、そう言った。毎年四十樽ほど仕入れているとか。

「そろそろ入荷の時期だな」

「はい、数日のうちに入ると聞きました」

番頭は、正確な入荷の日にちは知らない。ただ都賀嵐は、すでに予約の客が多いので、入荷と同時に届けてしまうのが普通だと言い足した。

「そうなると、酒蔵を空けておかなくても済むな。八州屋も届いた都賀嵐は、すぐに届けてくるのであろう」

嶋津は軽い気持ちで言った。海辺《うみべ》大工町《だいくちょう》に店がある八州屋には、もちろん大振りな倉庫がある。しかし闇で仕入れる都賀嵐はどこへ入れるのか。ふとそんなことを考えた。

もっとも酒樽に、横流し米で造った酒だと書いてあるわけではない。何食わぬ顔で、受け取るだけだろうと思い直した。

「八州屋さんは、かなり離れたところに大きな倉を持っていますよ」

「ほう。どこにあるのか」

これは初耳だった。店に隣接する倉庫を使って、事足りているのだとばかり思っていた。

「あれは二年前のことですかね。急に要りようになった酒を小僧に取りに行かせたのです。店にはなくて、小僧はその倉庫まで取りに行ったわけです。それが柳原《やなぎはら》四丁目でしてね」

柳原四丁目は竪川《たてかわ》河岸にある。しかも横川《よこかわ》と交わるさらにその先だった。猿江御材《さるえおざい》木蔵《もくぐら》のあるあたりだ。

「小僧は、難渋して戻ってきました」手間がかかったと言いたいらしい。

これを聞いた嶋津は、あるいはと考えた。そこに正規のものではない酒樽を収めるのではないかと推量したのである。

詳しく場所を聞いて、そちらへ向かった。

本所《ほんじょ》も東のはずれといっていい町だ。鄙《ひな》びた町屋が並んでいて、その先は畑だった。植えられた青物が雨に濡れている。その先に、猿江御材木蔵の建物が見えた。

人の行き来は極めて少ない。たまに荷船が行き過ぎるばかりだった。

「ああ、これだな」

間口六間の建物だった。奥行きは十間ほどがあった。八州屋が持つにしては、かなり大きいという気がした。佐柄木屋の横流し米を収めるのか、というふうにも感じられた。

隣にあるしもた屋の戸を開けて、声をかけた。

出てきたのは、赤子を背負った若い女房だった。

「そうです。隣の持ち主は海辺大工町の八州屋さんです」

と応《こた》えた。背中の赤子は、すやすやと眠っている。

「では、いつも酒を入れているわけだな」

「そうではありません。お酒とは限りません。米や雑穀、塩、俵物ならば、何でも入れています。日ぎめ月ぎめで貸していると聞いています」

店の商いの品だけでなく、他人に貸すことで金を稼いでいるらしかった。常に使っているわけではないので、これまで話に出なかったようだ。

「それで今は、何が入っているのか。それとも空か」

空ならば、近々入ることになっている都賀嵐を、入れるつもりなのかもしれなかった。

「今は米俵でいっぱいになっているはずです。しばらく空だったんですけど、師走《しわす》の終わりぐらいに、いきなり運ばれてきました。まあそういうことは、珍しくありませんけど」

「どこの米か。佐柄木屋か」

「ええ、そんな名だったと思います」

屋号のついた半纏《はんてん》を着た、小僧の姿を覚えているとか。

「倉の貸し借りで、何か悶着《もんちゃく》が起こったことはないか」

「えーと、そうそうありました。八州屋さんというのは、支払いには厳しくて、ずいぶん阿漕《あこぎ》なこともするらしいですよ」

と、声を落とした。

「どんなことがあったのかね」

「八州屋については、一見関わりのなさそうな話でも聞いておく。

「師走になったばかりだったと思いますけど。雨の日に人がやって来て、中の米俵を道に持ち出したんです」

「借りていた者が、引き取りに来たのではないか」

「それだったらかまいませんけど。そうじゃないんです。何かの手違いで、運び出す日にちが一日ずれてしまった。約束が違うということで、運び出したらしいんですが、その日はあいにく雨が降っていたんです」

「なるほど、何百俵かが濡《ぬ》れ米になってしまったわけだな」

「そうです。借りていたお店の人は、あんまりだって言ってずいぶん怒っていましたよ」

濡れようがどうしようが、米は米だ。しかし濡れ米となると、商品としての価値は落ちる。米屋にしてみれば大損だ。

「そこまでしなくてもよかろう、というわけだな」

「はい。話を聞いて、あたしも嫌な気持ちがしました」

「それが何という店か、覚えているか」

「覚えていますよ。そんなことがあったんですから。仙台堀《せんだいぼり》河岸に店のある垂水《たるみ》屋さんです」

店の名は、聞いたことがある。大店《おおだな》の米問屋で、主人が関東米穀三組問屋《かんとうべいこくみくみどんや》の世話役をしているという程度は知っていた。ただ嶋津は、垂水屋清左衛門《せいざえもん》と角次郎の間にあった出来事については聞いていなかった。

柳原町から、仙台堀まで引き返した。万年町《まんねんちょう》にある垂水屋を訪ねたのである。店にいた番頭と話をした。

「あの日は、たまたま行き違いがあって、引き取りが半日遅れました。その点は、こちらの落ち度ですから違約金でも何でも、払うつもりでいました。小狡《ずる》いまねをするつもりはありませんでした」

「それはそうだろう。天下の垂水屋だからな」

憎々しげに言う番頭の言葉に頷《うなず》きながら、嶋津は少し大げさに返答した。

「あれは、嫌がらせ以外の何物でもありませんな。後になって、八州屋が佐柄木屋の縁続きだと知りました。それでさもありなんと思いました」

佐柄木屋には、米商いの中でそれなりの因縁があるらしかった。

「何か、仕返しをしたのではないか」

番頭は、気の強そうな顔つきをしている。やられてそのままにしている者には見えなかったので、そう言ってみた。

「とんでもありませんよ」

番頭は大げさに首を振った。しかし一瞬、真顔になったのを嶋津は見逃していなかった。

そこで嶋津は、佐柄木屋のある今川町《いまかわちょう》へ行ってみた。同じ仙台堀の南河岸だ。降りやまない雨のせいか、米俵の荷出しなどはしていない。人足の姿もなくて、今日はひっそりとしていた。

とはいっても、店に変事が起きている様子ではなかった。

佐柄木屋へ、直《じか》に聞きに行くのにはちと憚《はばか》りがあった。向こうは、角次郎との繋《つな》がりを知っている。そこで嶋津は、町の自身番へ行った。

「さあ、何かあったという話は聞きませんが」

との返事だった。

そこで町内の魚油問屋の手代に問いかけてみた。前を通りかかって、店から出てきたところだ。

「いえ、聞いてはいませんが」

けれども三人目、蝋燭《ろうそく》問屋の小僧は別のことを言った。

「そういえば、材木町《ざいもくちょう》の倉庫に米喰《く》い虫（穀象虫《こくぞうむし》）が出たとか聞きましたけど」

「ほう」

米喰い虫は、鼠と共に米商いの天敵だ。こんなものが出たら、売り物にならなくなる。昨年末、急遽《きゅうきょ》柳原町の八州屋の倉庫に米を移したわけが分かった。被害の拡大を防いだのである。

「関東米穀三組問屋の世話役などといっても、やることはしたたかじゃねえか」

嶋津は呟《つぶや》いた。

佐柄木屋出入りの人足一人を誑《たら》し込めば、その程度のことはできるだろう。仕返しをしたのだという判断だった。

六

雨は止まない。闇の江戸川は、半丁先も見渡すことができなかった。

こういう夜は、どの船も明かりを灯《とも》している。衝突を防ぐためだ。預かり物の荷を乗せている船は、そのあたりは慎重だ。

角次郎も元締方の者たちも、逃げ去った帆船を捜すべく必死で目を凝らせた。しかしその姿は現れない。

ただいきなり前に、見慣れない船影が現れることがある。船頭は慌てて船の向きを変えた。衝突するかと思うが、それでも船の形を改めるのは忘れなかった。

「どこかで、追い越してしまったのではないか」

そう漏らす者もあった。川幅は広いから、それもないとは言えない。

川の流れは、かなり激しい。大きな船ではないから、流れに乗って高く上がり、すとんと落ちることもある。それでも一同は、船端にしがみついて周囲を見回していた。

前や横からの水しぶきを浴びるなど、珍しくもない。蓑笠《みのかさ》をつけてはいても、全員濡れそぼっている。

これで捜しきれなければ、どうにもならないとの思いはある。ただあきらめることだけはしたくなかった。

船はさらに下ってゆく。どのあたりにいるのか、その見当さえもうつかなかった。気が付くと、いつの間にか雨が止んでいた。船の揺れ幅が小さくなっていた。そうなって、にわかに寒さを感じた。侍の中には、体を震わせている者もあった。すれ違う船があった。見ると六斎船だった。

「ここはどこか」

声をかけた。

「松戸《まつど》の近くだ」

そう聞いて、ようやく位置が分かった。かなり下って来たことになる。

「火鉢を貰《もら》えないか」

角次郎が声をかけた。乗客に貸し出すものだ。それを銭で買い取ったのである。交替で暖を取った。それでも、周囲に目を凝らすことは忘れない。

「向こうは帆船だからな、風を受けてはるか先に行っているのではないか」

という声も漏れた。

江戸川も河口近くになり、船は西へ流れる新川《しんかわ》へ入った。夜はまだ明けていない。

ただ空の一部に星が見えた。雲が動いているのが分かった。

「あれではないか」

叫んだ者がいる。

「おお、そうだ」

同じような大きな船が見えた。船頭も疲れているはずだが、気力を振り絞った。しかし近付くと、違う船だった。

一睡もすることなく、ここまでやって来た。それでも眠くはならない。さらに一艘《そう》一艘を、確かめた。

「おい、あの船は」

声を上げた者がいた。見ると、荷船を追って先に進んでいた元締方の乗る船だった。二艘の船が近づいた。

「どうだった」

尋ねなくても、結果は分かっている。それでも問いかけずにはいられなかった。全員の中に、失望感があった。

「帆船には、追いつけなかった」

無念の声が、帰って来た。

「まだ、あきらめるのは早いぞ」

二艘で西に向かう。途中で漕《こ》ぎ手も変えた。

しかし新川から小名木川《おなぎがわ》に入っても、逃げた帆船を探し出すことはできなかった。

「駄目だったな」

ここへきて、角次郎もがっくりと力が抜けるのを感じた。

「おめおめと、藩邸へは行けぬな」

「それはそうだ。監物の一派は、ほくそ笑んでいるぞ」

元締方の者たちは、声を揃えた。闇輸送を追って来たとはいえ、許しもなくいきなり藩邸へ入るわけにはいかない。このまま関宿へ戻るしかなかった。

しかし彼らは、昨夕から満足に食事もとっていなかった。また濡れた着物を身に着けたままでいる。

「大黒屋へ寄って、朝飯を食べていただきましょう。そしてせめて、衣服を乾かしていただかなくてはなりません」

元締方の者たちは、すでに角次郎の仲間といってもよかった。

船は、竪川に架かる一ツ目橋下の船着き場へ入った。あたりはまだ暗い。当然大黒屋の戸は閉まっている。角次郎は、拳《こぶし》で戸を叩《たた》いた。

ねぼけた顔で戸を開けたのは、直吉《なおきち》だ。

「か、角次郎さん」

知らせを聞いて、善兵衛が顔色を変えて飛び出してきた。急いで、部屋の中に明かりを灯した。

「み、皆さん、お疲れのようで」

おトクはまず、朽木の傷の手当てを行った。それから雑炊を作りにかかった。炊いている間に乾いた着物をかき集めてきた。隣の古着屋の世話にもなった。炭を熾《おこ》し、同時に濡れた着物を乾かし始めている。

角次郎は善兵衛に、事の顛末《てんまつ》を伝えた。

「それはご苦労様でございましたな」

一同の、疲弊した様子に納得がいったらしかった。

「万季は精いっぱいのことをしてくれています。朽木殿が怪我で済んだのも、偽書に気付くことができたからこそです。にもかかわらず、私は何もできていない。闇の酒《さか》樽《だる》を、見逃してしまった」

角次郎は慙愧《ざんき》に堪えぬ思いで言った。代官宇佐《うさ》にしろ佐柄木屋にしろ、こちらの上を行っている。よほどしたたかだった。それに抗することができなかった。

関宿藩の御用達など、はるかな夢に過ぎないと感じている。力が抜けて、体がだるくさえあった。

「雑炊ができたようです。まずは、腹ごしらえをしていただきましょう」

台所へ追い立てられた。湯気を立てる雑炊が、皆に振る舞われた。

「熱い」

ふうふうやって、腹に押し込んだ。食べるにつれて、体が温まった。そこで善兵衛が、角次郎に言った。

「昨日の夕方、嶋津様が訪ねておいでになりました」

「何かあったのですか」

懐かしい思いで聞いた。

「これまでお調べになったこと、それから佐柄木屋と垂水屋との間の悶着《もんちゃく》についてうかがいました」

柳原町の倉庫のことや、米喰い虫の話である。

それを聞いて、角次郎ははっとした。

「ならば材木町の倉庫には、米俵は入っていないというわけですね」

「そ、そういうことになりますね」

善兵衛も、顔を強張《こわば》らせた。角次郎が口にした言葉の意味を、理解したようだ。佐柄木屋の倉庫ならば、何度も目にしている。空ならば、三百俵の酒樽などわけなく入れられるはずだった。

「まだ勝負はついていない」

角次郎は、残りの雑炊をかっ込んだ。

七

「行くぞ」

腹ごしらえは済ませた。脱力感はすっかり消えていた。周囲にいた元締方の者たちも、善兵衛の話を聞いていた。

「よし、急ごう」

怪我をした朽木までが、そう言った。じっとしてはいられない気持ちだったのだろう。

腰に刀を差し込むと、一同は大黒屋の店を走り出た。角次郎は、家にある小太刀を腰に差している。

仙台堀材木町に着いた帆船の酒樽は、数を改めながら佐柄木屋の倉庫に納められたはずである。その作業にどれほどの手間がかかるかは、角次郎には分からない。

しかし行ってみないことには、始まらなかった。倉庫に大量の都賀嵐がある限り、調べの手掛かりは残ると信じていた。

こうなれば疲れなど感じない。必死で走った。だが地べたは、夜半まで降った雨でぬかるんでいる。水溜《みずたま》りもあった。度々滑りそうになった。

東の空が、ようやく白み始めている。まだ道に人の姿はなかった。

小名木川を過ぎ、仙台堀までやって来た。橋は渡らず、北河岸を東へ駆けた。

「おおっ」

先頭を駆けていた角次郎は叫んだ。

佐柄木屋の倉庫では、すでに荷運びは行われていない。しかし倉庫前の船着き場には、二百石積みの帆船がまだ止められていた。篝火《かがりび》が焚《た》かれている。

あの船に違いなかった。

倉庫前の道にも、篝火が燃えていた。地べたは雨の後で泥濘《でいねい》となっていて、たくさんの新しい足跡が刻まれていた。ほんの少し前までここで荷運びが行われていたことを証明していた。

河岸の道には荷を運んできたらしい水手《かこ》や人足、それに佐柄木屋利兵衛《りへえ》、それに二人の侍の姿が見えた。篝火の炎が、顔を照らしている。

「あれは、代官所手代の服部久兵衛だぞ」

すぐ後ろにいた元締方の者が言った。もう一人の侍は、佐柄木屋の用心棒塚越源之丞《つかこしげんのじょう》だった。

走り寄るこちらに、倉庫前の者たちは気付いたらしかった。二人の侍は腰の刀に手を触れさせた。他の人足らは、鳶口《とびぐち》や棍棒《こんぼう》を手に取った。

まだ船出をしていなかったのは、こちらにしてみれば幸いだ。思川の乙女《おとめ》河岸を出て江戸へ運ばれてきたが、積み荷が関宿の水関所をへた証《あかし》は持っていない。

こちらは不正の品として追及ができる。

利兵衛や服部にしてみれば、それは迷惑だ。

「やっちまえ」

ということになった。まずは得物を手にした人足や水手たちが、泥水を撥《は》ね飛ばしてこちらへ押し寄せて来た。

角次郎は、その者たちは相手にしていなかった。捕えねばならないのは、都賀代官所の手代服部である。服部は、都賀嵐三百樽の受取り票を持っているはずだった。これが元締方の手に渡れば、もう言い訳はできない。

服部の手前、四間ほどのところへ走り寄ったとき、間に入った侍があった。用心棒の塚越だった。

「とうとうきさまと、決着をつけるときがきたな」

刀を抜いた。憎々しげな眼差《まなざ》しを向けて来た。

関宿で修行を積んだ、馬庭念流《まにわねんりゅう》の達人である。それでも仕官はできず、佐柄木屋の用心棒にしかなれなかった。金には困っていない。数々の裏仕事を荷《にな》ってきた。かなりの金子《きんす》を受け取っているのは確かだ。しかしそれだけでは、満足などしていなかっただろう。

いつも、陰鬱《いんうつ》な顔をしていた。自分に向けてくる眼差しには、初めて会ったときから憎悪を感じた。いつかはこうなるだろうという気持ちがあった。

角次郎も、腰の小太刀を抜いた。

東の空が、微《かす》かに赤く燃え始めた。けれどもまだ、眩《まぶ》しいというほどではなかった。

塚越は八双に構え、角次郎は柄を右手だけで握って腰を落とした。相手のどのような動きにも対応できる姿勢だ。接近戦になれば、小太刀は大刀よりも力を発揮する。

角次郎は、じりと前に出た。塚越との間は、二間あった。一足一刀の間合いではない。それでも塚越は、身を引いた。距離が縮まることを警戒している。

こちらの剣技を、嘗《な》めてはいなかった。

けれどもそれは、臆《おく》しているのとも違う。己の腕に慢心はしていない。完璧《かんぺき》に打ちのめそうという覚悟の表れだと思った。

角次郎は、切っ先を揺すった。いつでも攻め込むぞという姿勢だ。

こちらにしてみれば、相手の内懐に飛び込みたい。前に踏み込む機会を待っていた。

だが相手は簡単には出てこない。睨《にら》み合う形になった。

ただ角次郎と塚越は、二人だけで対峙《たいじ》をしているわけではなかった。元締方もいるが、佐柄木屋配下の水手や人足もいた。

「このやろう」

横手から角次郎に、鳶口を振り下ろしてきた者があった。

角次郎は、横に身を飛ばしている。打ち込んできた者と体をぶつけるような感じだ。同時に、下から振り上げるようにして、小太刀の切っ先を回転させた。鳶口を持つ手の二の腕を、それで切り裂いたのである。

「わあっ」

人足が叫び声を上げて、前のめりに泥水の上に倒れ込んだ。

だがそのときには、塚越の刀身がこちらの脳天を目指して振り下ろされていた。勢いのある一撃だ。こちらの体勢が整わぬうちに、叩き潰《つぶ》そうという狙いだ。

「やっ」

だがそれに屈するわけにはいかない。斜め前に出ながら、小太刀で弾《はじ》き上げた。ただまともに受けたならば、細い刀身などわけなく折れてしまう。力をやり過ごすために、体を回り込ませて払う形にした。

それでも手が痺《しび》れた。

塚越には膂力《りょりょく》がある。刀身を離さず、がりがりと押してきた。

引けばそのまま打たれる。足を踏ん張った。

けれども足元は泥濘。利き足が滑った。体の均衡が崩れた。

「くたばれっ」

微かな隙も逃さない。間髪を容《い》れず塚越の切っ先が飛んできた。こちらの肩先を狙っている。

だがわずかに、塚越の足も滑ったらしかった。切っ先がぶれている。

角次郎はまだ、体勢が整ってはいない。それでも前に出た。これが最初で最後の機会だと思った。

塚越の肘《ひじ》が伸びている。内懐に飛び込んだ。

「たあっ」

小太刀を横に振った。腕に、はっきりとした手応《てごた》えが残った。

「ううっ」

生温かいものが、顔にかかった。角次郎は相手の胴を、裁ち割っていた。

被《かぶ》さってくる塚越の体を、払い落とした。驚愕《きょうがく》の顔が、こちらに向けられていた。

しかし敵は、塚越だけではなかった。何を置いても、捕えなくてはならない者がいた。

服部久兵衛は、二人の争いを見ていたようだ。決着がついたと同時に、船の中へ逃げ込もうと走り出していた。

「まてっ」

角次郎が追う。このとき他にも、船に逃げ込もうとする水手の姿があった。

塚越が倒れて、元締方が勢いを得ている。一夜、なすすべもなく過ごした無念と怒りが、溢《あふ》れ出している気配だった。水手や人足、そして新たに現れた数人の用心棒も、押され気味だった。

服部はかなり慌てた様子だ。混乱のうちに、船を出そうとしたのかもしれない。

だがそうはさせない。肩を摑《つか》んだ。振り向きざま、手にある小太刀の柄を、下腹に突き当てた。

「うわっ」

声を上げかけたが、すぐに体から力が抜けた。崩れる背中を、元締方の一人が支えた。

角次郎はその懐に、手を差し込んだ。油紙に包まれた書状が入っていた。それを抜き出した。

「おお、これは簿外の都賀嵐三百樽の受取り証だぞ」

角次郎は、中身を確かめて声を上げた。佐柄木屋利七左衛門《りしちざえもん》と八州屋四郎兵衛《しろべえ》の署名が入っていた。

このとき、元締方の者が利兵衛の後ろ手を捩《ね》じり上げながら、近くへやって来た。よほど強く捩じられているらしい。利兵衛の端整な顔が歪《ゆが》んでいた。

「逃げようとしたのを、捕えました」

「ではこやつらを、下屋敷まで運んでいただきましょう」

関宿藩下屋敷は、仙台堀河岸近くにある。服部と利兵衛を縛り上げた。船内にいた荷船の船頭も捕えた。

このときにはもう、争いは治まっていた。刃向っていた人足や水手たち、また新たに現れた用心棒も逃げ出していた。

東の空に、眩しいほどの朝日が姿を現し始めている。

「この機に、佐柄木屋へも調べを入れようぞ」

こう言ったのは、遅れてやって来た朽木だ。朽木は二の腕を斬られていたが、ここまでやって来た。この機に不正の根を一掃したいという気持ちに他ならない。執念といってもよいものだと角次郎は受け取った。

「ではそういたそう」

朽木と角次郎、それに三人の元締方の者が、今川町の佐柄木屋へ駆け込んだ。閉まったままになっている戸をこじ開けた。

「な、何をなさいます」

番頭の制止もかまわず、五人の者は土間に入った。

「跡取りの利兵衛と、都賀代官所手代服部を不正の罪で捕えたぞ。主人の部屋へ連れて行け」

朽木は叫んだ。

このとき佐柄木屋には、材木町倉庫前での騒動について、すでに知らせが入っていたらしかった。店の者たちも慌てている気配があった。

もたつく番頭に構わず、奥座敷へ駆け込んで行く。横流し米にまつわる書類は、店には置いてない。利七左衛門の部屋にあるものと見当をつけていた。事がここまでくれば、処分をされてしまう虞《おそれ》があった。

「おい、あれは」

このとき、手文庫を抱えた利之助《りのすけ》が、廊下を駆けてゆく姿を見かけた。

角次郎はこれを追いかけた。襟首を摑んで引き止め、手文庫を奪い取った。

「そ、それは」

慌てる利之助。

角次郎は、下腹に当て身を入れた。

手文庫の中身を改める。何通もの書状や綴《つづ》りが入っていた。改めると、関宿藩江戸家老監物兵庫之助《ひょうごのすけ》とした横流し米の利益配分のための綴りなどだった。

書類の何枚かには、監物からの文が交っていた。

角次郎と朽木は、利七左衛門と利之助を伴って、関宿藩下屋敷へ向かう。昇り始めた朝日が、やけに眩しかった。

八

佐柄木屋利七左衛門と八州屋四郎兵衛の署名のある都賀嵐の簿外酒三百樽の受取り証の相手は、宇佐孫四郎《まごしろう》となっていた。服部と利兵衛が捕えられ、酒樽《さかだる》の現物と輸送をしてきた荷船が押さえられた。

宇佐と佐柄木屋の共謀による、都賀米の不正使用と横流しは明白なものとなった。田所郁之助《たどころいくのすけ》は、藩の側用人を通して、この一報を藩主に伝えた。

さらに朽木と角次郎が得た、横流し米に関する書類の中身についても精査された。そこ都賀米だけではない。十年以上に及ぶ不正の記録が、紙面から浮かび上がった。そこにある監物兵庫之助の署名は、首謀者であることを証明していた。

こうなると、江戸家老であってもどうすることもできない。身柄は中屋敷に移され、邸内の座敷牢《ざしきろう》に入れられた。そこで藩内吟味方の尋問を受けることになる。

もちろん関宿にも、知らせが行った。早舟を出したのである。

「都賀の代官所へは、船が着くと同時に、藩の目付と捕縛の藩士が急行することになるでしょう」

朽木が、藩邸内で待機する角次郎に告げた。

部外者である角次郎は、藩内の仕置きには関わらない。監物だけでなく、佐柄木屋の者たちや服部、捕えた荷船の船頭、水手《かこ》たちへの尋問は藩士の手によって行われる。監物に与《くみ》していた藩士も、禁足の扱いとなったそうな。

「殿は、藩米の不正使用を指図した監物を捕えたこと、またその実行をした佐柄木屋を捕えた旨を、幕閣へお届けに上がり申した」

「それは迅速なことで」

油堀《あぶらぼり》河岸にある佐柄木屋の倉庫前では、死傷者が出ている。夜明け間際のこととはいえ、騒動を目撃した者もいる。そうなると、藩内だけでの処理とはいかない。藩内の不正を、藩主が治めた形にして公にしたのである。

「またほんの少し前に、利兵衛は塚越を使っての寅造《とらぞう》殺しも白状したぞ」

「やはりそうでしたか」

「横流し米による都賀嵐の醸造は、和泉《いずみ》の杜氏《とうじ》作左衛門《さくざえもん》が乙女河岸の蔵元に入ったときから始められた。宇佐が代官になったその年からだな。寅造は、昨年の簿外酒を運んだ乙女河岸の船頭と出会って、八州屋の不正を知った。調べを進める中で、佐柄木屋が大きく関わっていることに気付いた」

「寅造は、金には汚い男でしたからね」

「強請《ゆす》られて、口封じをすることになった」

「そうなると、佐柄木屋の犯行ですから、江戸町奉行所が関わりますね」

「さよう。そちらへも伝えた。嶋津殿が関わるのであろうな。此度《こたび》のことは、あの御仁の調べがなければ、見逃していたところでござる」

朽木は言った。米喰《く》い虫が現れて、佐柄木屋の倉庫は空になっている。それを知らなければ、こちらは現場に辿《たど》り着くことができなかった。

「あやつには、たらふく酒を飲ませてやることにいたしましょう」

と角次郎は応じた。

佐柄木屋利七左衛門と利兵衛、利之助と八州屋四郎兵衛は、関宿藩の調べが済んだ後、身柄は南町奉行所へ引き渡される。死罪は免れないところだろう。

佐柄木屋が所有する店舗や家作、倉庫などは町奉行所の手によって闕所《けっしょ》となる。

「横流し米を運んだ野村屋も、そのままにはいたさぬ」

こちらは関宿藩の手によって、処分が行われる。これも主人は死罪で、店は闕所となるはずだった。

夕方近くになって、角次郎は大黒屋へ戻った。

店は開かれていたが、隣の安房屋は戸が閉まったままだった。

翌々日の昼少し前、角次郎は両国橋東橋詰下の船着き場で、六斎船の到着を待っていた。今日の船にお万季が乗っていることは、田所から聞いていた。

すでに朽木は、関宿へ戻っている。城内での監物一派の関わりについても調べを進めなくてはならなかった。勘定奉行の喜多山は、この際にすべての膿《うみ》を出し切るつもりでいる。

朽木にしてみれば、いつまでも江戸にはいられなかった。

霖雨《りんう》の中、文を持って馬を駆った常吉は、追いつかれた塚越に斬られた。背中をばっさりやられて、その場に遺棄されたが、幸いなことに近所の農夫に助けられた。大怪我にはなったが、命には別条はないと聞かされた。

「まずはよかった」

胸を撫《な》でおろした角次郎である。

帰着するお万季は、勘定奉行喜多山からの書状を携えているとか。

角次郎にしてみれば、あの雨の夜に野田北河岸の船着き場で会って以来のことだ。たかだか中二日の再会だが、胸にはときめきがあった。

はっきりとした到着の刻限が分かっているわけではない。それでも待ちきれなくて、船着き場まで出て来てしまったのである。

明るい春の日差しが、川面《かわも》を覆っている。大小の荷船の姿があった。対岸の家並みの向こうに、浅草寺《せんそうじ》の五重塔がくっきりと見えた。

川風はあるが、寒さは感じない。

まさかお万季が、今度も関宿へやって来るとは考えもしなかった。しかし来てくれたおかげで、朽木の命を救うことができた。またあのままさらに野田北河岸にいたら、江戸で一味を捕えることもできなかった。

「早く会いたいな」

というのが、正直な気持ちだ。さてなんと声をかけようか。ずっとそれを考えていた。

「おや、大黒屋の若旦那《わかだんな》。こんなところで、何をしているんですか」

声をかけてきたのは、近所の長屋の手間取り大工の女房だ。大黒屋の百文買いの常連である。

「いや、ただちょっとね。川辺の空気を吸いたくなったんですよ」

女房の帰りを待っているなどとは、とても言えない。

「そうですか。そういえば、だいぶ春らしくなってきましたからねえ。いや、長屋の梅の木が、真っ赤な花を咲かせたんですよ」

と、しゃべり始めた。

「はあ、そりゃあいかにも」

そろそろ船が来るのではないか、そう思って水面《みなも》に目をやりながら言った。今、お万季の船が着いたら嫌だなという気持ちが、角次郎にはある。

再会の場面を、知り合いに見られたくないからだ。お万季の顔を見たら、己の弱さが丸見えになってしまうのではないかと感じる。

「あのつんとくる花のにおいをかぐと、ああ春が来たなって亭主と話すんです」

梅の咲き具合について、しばらく話してから女房は立ち去って行った。それで角次郎はほっとした。

耳に、艪《ろ》音が近づいて来るのが聞こえた。「おっ」と呟《つぶや》いて、そちらへ目をやった。

旅人を乗せた六斎船が、かなり近くまでやって来ていた。

菅笠《すげがさ》を被《かぶ》った老若の旅人が乗っている。

その中の、一つ一つの顔を確かめた。

「ああ、いた。いたぞ」

お万季も、じっとこちらを見ていた。目と目が合って、離せなくなった。愛《いと》おしい気持ちが湧いて来る。誰のためでもない。自分のために、声が出ない身でありながら、単身で関宿へ渡ったのである。

六斎船が、船着き場に停まった。艫綱《ともづな》が掛けられると、乗客たちが下りてきた。角次郎はただ突っ立って、お万季が下りてくるのを待った。降りた客は、肩をぶつけそうになりながら通り過ぎてゆく。

小柄な体が、目の前に現れた。足元を見ると草鞋《わらじ》履きではなかった。花柄の鼻緒をつけた桐下駄《げた》だった。

角次郎は、息を呑《の》んだ。何か言わねばと思っていた声が、出せなくなったのである。お万季が、すぐ目の前にいる。口元に笑みがあり、目に安堵がうかがえた。何か言おうとしていた。

「か、角次郎さん」

「えっ」

耳を疑った。どこか掠《かす》れた声だ。けれどもそれは、紛れもなく自分を呼ぶお万季の声だった。

「声が出たな」

それでお万季も、目を大きく見開いた。驚いている。無意識に出た声らしかった。

「よ、よかったな」

角次郎は人前も憚《はばか》らず、お万季の両肩に手を載せた。胸が締め付けられるように痛いが、どこか心地よい。

最初に出てきた声は、自分の名だった。

「あ、あい」

「はい」と言ったのかもしれないが、角次郎にはそれはどうでもいいことだった。お万季の体を抱き寄せた。

ただそれは、ごくわずかな間のことだ。

「どけっ。歩く邪魔をするな」

と、声がかかった。

「す、すまぬ」

お万季の手を引いて、慌てて船着き場から離れた。角次郎は、大黒屋へ連れ戻った。

「疲れただろ」

「いいえ」

一度名を呼んだからといって、それでべらべらと話せるようになったわけではなかった。聞き取りにくい。けれども明らかに、言葉による問答になっていた。

「おお、よく帰ってきたな」

善兵衛とおトクが、お万季を招き入れた。

旅装を解く前に、両親と角次郎の前に膝《ひざ》を揃えてまず帰宅の挨拶《あいさつ》をした。

「ただいま、かえりいました」

不自然な口調だが、言葉には違いなかった。

おトクの目に涙が溢《あふ》れた。

お万季は懐から、油紙に包まれた一通の書状を取り出した。受け取った善兵衛が広げた。

『藩領都賀郡内下神《しもがみ》村年貢米の仕入れを許す』

というものだった。城代家老と勘定奉行喜多山圖書の署名がしてあった。

少量ながら、大黒屋は関宿藩の御用達になったのである。

九

七日ほどがたった。そこかしこで梅が花を咲かせている。沈丁花《じんちょうげ》のにおいに、思わず立ち止まることもあった。

大黒屋は、いつものように商いを続けていた。隣の安房屋は、あの日以来戸を閉めたままになっている。誰も住んでいる気配はなかった。

佐柄木屋は、某藩の横流し米に手をつけた。それに気づいた岡っ引きを殺して、口止めを行った。

という読売が売られた。関宿藩の名は出なかったが、知っている者は知っている。とはいっても、それはあくまでも噂といった範疇《はんちゅう》のものだった。

「そんなのは、じきに口の端にも上らなくなりますよ」

と善兵衛は言った。

「どうです。隣の空き店を、大黒屋さんで買ってしまったら」

そんなことを言う者も現れた。闕所となった佐柄木屋の土地や建物は、闕所物奉行の手によって売却が行われる。

大黒屋の店先には、新たな木看板が掲げられていた。

『関宿藩御用達』

との文字が、お万季の筆で鮮やかに記されている。

このことを角次郎は、一昨日になって、実家の五月女《さおとめ》屋敷にも知らせに行った。母久実《くみ》がいて、角次郎夫婦を迎え入れた。

「まずまずの商いですね」

と満足そうに頷《うなず》いた。

お万季は七日が過ぎても、充分な会話ができるようにはなっていない。それでも、少しずつ声が出せるようになった。

母とお万季が、何か言って笑い合っていた。

角次郎は、相変わらず忙しく働いている。小さな村一つとはいっても、春米《つきごめ》商いの小店大黒屋にしてみれば、これまでにない大商いとなる。

仕入れ量に見合った、安定した客を得なくてはならなかった。

佐柄木屋が顧客としていた店には、本所深川あたりの米問屋が殺到した。新たな客にしようと、機を逃さず動いたのである。

「商人の目というのは、たいしたものだな」

と角次郎は感心している。もちろん大黒屋も喰《く》い込んだが、二、三割方だけだった。

それでも商いの量は膨らんだ。

角次郎は、深川元町《もとまち》にある料理屋へ納品の話をしに行った。前には相手にされなかった店だが、藩の御用達になったということで、商いの繋《つな》がりができた。

御用達という看板が、商いにどれほどの役目を果たすか。善兵衛も角次郎も、改めて知らされた。

その帰り道、新大橋《しんおおはし》の橋袂《たもと》の広場で、思いがけない人物と出会った。垂水屋清左衛門である。

「ご無沙汰《ぶさた》をしております」

角次郎の方から声をかけた。丁寧に頭を下げた。

佐柄木屋の倉庫に米喰い虫を入れたのは、垂水屋の仕業だと思っている。したたかな遣《や》り口ではあるが、それがあったからこそ、自分も藩の元締方も危機を脱することができた。

今後とも無視はできない存在だと考えていた。

「何か、ご用ですかな」

する話などない。そう言わんばかりの口ぶりだった。

「大黒屋も、関宿藩の御用達を頂戴《ちょうだい》いたしました。米商いのご同業としてお世話になることもあろうかと存じます。その節は、よろしくお願いいたします」

この程度は、目上の者に対する礼儀だと思って話した。

「お大名様の御用達になったからといって、関東米穀三組問屋は、大黒屋さんを認めたわけではありませんよ。うちの商いは商人米で、藩米ではありませんからな」

冷たい声で言われた。

どこから仕入れようと、売る相手は共に江戸の人々だ。商人米だろうが藩米だろうが、米に変わりはない。

不作の中の米不足。米さえあればどうにかなったが、そういう年ばかりではない。

佐柄木屋が消えても、目の前には、関東米穀三組問屋が聳《そび》え立っていた。

「他に用がなければ、これで」

清左衛門は、路傍の石を見るような眼差《まなざ》しのまま立ち去って行った。

「これからだ」

と角次郎は、呟いた。気を緩めてはいけない。商人としての勝負は、始まったばかりだと感じた。

店に帰ると、嶋津が訪ねて来ていた。何か言って、お万季を笑わせている。

「おう、よく来たな」

角次郎は、押収した都賀嵐の一樽《たる》を朽木の好意で手に入れていた。都合がついたら、いつでも飲みに来いと伝えてあったのである。

「ようやく、調べも一息ついてな」

お万季がいったん台所へ下がったところで、嶋津は言った。

佐柄木屋利七左衛門と利兵衛は死罪。これは寅造殺しだけでなく、横流し米と知りつつ仕入れた罪も加わっていた。次男の利之助は、八丈《はちじょう》への遠島。その他親族は、江戸十里四方追放となったと聞いた。

「利之助の遠島は、一族が守ってのことだな。利七左衛門と利兵衛が、罪を負った形だ」

冷酷で賢《さか》し気に見えた、利之助の顔が頭に浮かんだ。大黒屋の店を売り渡せと、何度も迫ってきた。

「赦免など、よほどのことがない限りない。利之助は生涯八丈で暮らすのであろうな」

と嶋津は言った。

飛ぶ鳥を落とす勢いがあった佐柄木屋も、今はない。世の中とは、不思議なものだと角次郎は思った。

「そうそう」

嶋津が、明るい顔になって言った。定町廻《じょうまちまわ》り同心ではなく、同門の剣術仲間の顔になっていた。

「お万季殿は、ずいぶん明るくなられたな。片言ながら、話もできるようになった。何よりではないか」

喜んでくれている。

「まあな」

角次郎にしても、まんざらではない気持ちだ。

「それにな、妙に色っぽくなったではないか。その方ら、まことの夫婦《めおと》になったようだな」

いたずらそうな目が向けられている。

「ま、まあな」

少し照れくさい気持ちで、角次郎は応《こた》えた。

本書は書き下ろしです。

入《い》り婿《むこ》侍《ざむらい》商《あきな》い帖《ちょう》(三)

女房《にょうぼう》の声《こえ》

千《ち》野《の》隆司《たかし》

平成27年 2月20日 初版発行
令和6年 6月15日 8版発行

発行者●山下直久

発行●株式会社KADOKAWA
〒102-8177 東京都千代田区富士見2-13-3
電話 0570-002-301(ナビダイヤル)

角川文庫 19542

印刷所●株式会社KADOKAWA
製本所●株式会社KADOKAWA

表紙画●和田三造

ISBN978-4-04-070492-0 C0193

角川文庫発刊に際して

角川源義

第二次世界大戦の敗北は、軍事力の敗北であった以上に、私たちの若い文化力の敗退であった。私たちの文化が戦争に対して如何に無力であり、単なるあだ花に過ぎなかったかを、私たちは身を以て体験し痛感した。西洋近代文化の摂取にとって、明治以後八十年の歳月は決して短かすぎたとは言えない。にもかかわらず、近代文化の伝統を確立し、自由な批判と柔軟な良識に富む文化層として自らを形成することに私たちは失敗して来た。そしてこれは、各層への文化の普及滲透を任務とする出版人の責任でもあった。

一九四五年以来、私たちは再び振出しに戻り、第一歩から踏み出すことを余儀なくされた。これは大きな不幸ではあるが、反面、これまでの混沌・未熟・歪曲の中にあった我が国の文化に秩序と確たる基礎を齎らすためには絶好の機会でもある。角川書店は、このような祖国の文化的危機にあたり、微力をも顧みず再建の礎石たるべき抱負と決意とをもって出発したが、ここに創立以来の念願を果すべく角川文庫を発刊する。これまで刊行されたあらゆる全集叢書文庫類の長所と短所とを検討し、古今東西の不朽の典籍を、良心的編集のもとに、廉価に、そして書架にふさわしい美本として、多くのひとびとに提供しようとする。しかし私たちは徒らに百科全書的な知識のジレッタントを作ることを目的とせず、あくまで祖国の文化に秩序と再建への道を示し、この文庫を角川書店の栄ある事業として、今後永久に継続発展せしめ、学芸と教養との殿堂として大成せんことを期したい。多くの読書子の愛情ある忠言と支持とによって、この希望と抱負とを完遂せしめられんことを願う。

一九四九年五月三日

角川文庫ベストセラー

関宿御用達
入り婿侍商い帖
千野隆司

旗本家次男の角次郎は縁あって米屋の大黒屋に入り婿した。関宿藩の御用達となり商いが軌道に乗り始めた矢先、舅・善兵衛が人殺しの濡れ衣で捕まり……妻と心を重ね、家族みんなで米屋を繁盛させていく物語。

表御番医師診療禄1
切開
上田秀人

表御番医師として江戸城下で診療を務める矢切良衛。ある日、大老堀田筑前守正俊が若年寄に殺傷される事件が起こり、不審を抱いた良衛は、大目付の松平対馬守と共に解決に乗り出すが……。

とんずら屋請負帖
田牧大和

「弥吉」を名乗り、男姿で船頭として働く弥生。船宿の松波屋一門として人目を忍んだ逃避行「とんずら」を手助けするが、もっとも見つかってはならないのは、実は弥生自身だった——。

仇討
とんずら屋請負帖
田牧大和

船宿『松波屋』に新顔がやってきた。船頭の弥生が女であること、裏稼業が「とんずら屋」であることは、絶対に明かしてはならない。いっぽう「長逗留の上客」丈之進は、助太刀せねばならない仇討に頭を悩ませて。

流想十郎蝴蝶剣
鳥羽亮

花見の帰り、品川宿近くで武士団に襲われた姫君一行を救った流想十郎。行きがかりから護衛を引き受け、小藩の抗争に巻き込まれる。出生の秘密を背負い無敵の剣を振るう、流想十郎シリーズ第1弾、書き下ろし！